dtv

»Mit gebeugten Schultern ging er durch die Nacht, sein Hass verebbte nur langsam, doch er wusste, wenn er zu Hause ankam, würde wieder Stille in ihm sein. So war es jedes Mal. Er hatte sich schon fast daran gewöhnt. Daran und an das, was davor passierte ...« Nachdem bereits zwei Menschen innerhalb kurzer Zeit von einem Unbekannten erdrosselt worden sind, wird Sonja Piers tot aufgefunden. Alles deutet auf denselben Täter hin. Wie Hauptkommissar Max Vogel jedoch herausfindet, gibt es auch in der Familie des Opfers Verdächtige: Sowohl der 17-jährige Sohn der Toten als auch dessen Vater verstricken sich in Widersprüche. Als ein Zeuge aussagt, Sonja Piers unmittelbar vor ihrem Tod mit einem Mann gesehen zu haben, schaltet sich der erblindete Exkommissar Jonas Vogel ein. Die Ermittlung nimmt eine überraschende Wendung ...

Friedrich Ani, 1959 in Kochel am See geboren, arbeitete in den Achtzigerjahren als Reporter und Hörfunk- und Drehbuchautor. Neben dem Staatlichen Förderungspreis für Literatur des Bayerischen Kultusministeriums erhielt er den Radio Bremen Krimipreis und dreimal den Deutschen Krimipreis. ›Die Tat‹ ist der dritte Band aus der Krimi-Reihe »Der Seher«. Ani lebt in München. Weitere Informationen unter: www.friedrich-ani.de

Friedrich Ani

Die Tat

Kriminalroman

Deutscher Taschenbuch Verlag

Von Friedrich Ani
sind im Deutschen Taschenbuch Verlag erschienen:
Wer lebt, stirbt (20988)
Idylle der Hyänen (21028)
Wer tötet, handelt (21061)
Hinter blinden Fenstern (21167)

Ausführliche Informationen über
unsere Autoren und Bücher
finden Sie auf unserer Website
www.dtv.de

Originalausgabe 2010
2. Auflage 2010
Deutscher Taschenbuch Verlag GmbH & Co. KG,
München
Lizenzausgabe mit Genehmigung des Paul Zsolnay Verlags
© 2010 Paul Zsolnay Verlag, Wien
Umschlagkonzept: Balk & Brumshagen
Umschlaggestaltung: Wildes Blut, Atelier
für Gestaltung, Stephanie Weischer unter
Verwendung eines Fotos von Johannes Huß
Satz: Greiner & Reichel, Köln
Gesetzt aus der Sabon 10/12,4·
Druck und Bindung: Druckerei C. H. Beck, Nördlingen
Gedruckt auf säurefreiem, chlorfrei gebleichtem Papier
Printed in Germany · ISBN 978-3-423-21198-7

Von den etwa zwanzig Kriminalromanen, die ich bisher geschrieben habe, gehört ›Die Tat‹ zu jenen, die ich gern in eine spätere Zeit mitnehmen würde. In dieser Geschichte, so scheint mir, bin ich der Welt, von der ich glaube erzählen zu müssen, so nah wie selten. Die durch das Verbrechen aus ihrer Unscheinbarkeit gerissenen Figuren – Opfer, Hinterbliebene, Täter, Polizisten – sind ganz bei sich und bei mir. Es ist die unbedingte Liebe, von der dieser Roman handelt, und vom Streben danach, auf welch verzweifelte Weise auch immer. Kurzum: Für mich ist ›Die Tat‹ eine Art Reisepass für die Länder meiner künftigen Bücher.

Friedrich Ani

Prolog

Samstag, 20. Dezember, 23.45 Uhr

Allmählich machte ihn ihre Laune wütend. Auf keine seiner Fragen hatte er eine klare Antwort bekommen, nicht einmal auf die, wieso sie den ganzen Abend nur an ihrem Glas nippte und so tat, als würden ihr auch die Zigaretten nicht schmecken. Stimmt gar nicht, hatte sie gesagt. Als er sich jetzt von ihr wegdrehte, weil er ihr Gesicht, das er komplett verbiestert fand, nicht mehr ertrug, drückte sie die halb gerauchte Zigarette im Aschenbecher aus und schaute Henrik so lange von der Seite an, bis er ihr mit einer abrupten Bewegung den Kopf zuwandte und gegen die laute Musik anschrie: »Hau doch einfach ab, wenn du gehen willst! Lass mich in Ruhe.«

Er knallte sein leeres Wodkaglas auf die Theke und bahnte sich durchs Getümmel einen Weg zu den Toiletten. Sie sah ihm hinterher. Sie wollte nicht gehen. Sie hätte ihm gern erklärt, was mit ihr los war. Das hatte sie schon am Anfang vorgehabt, als sie sich, wie verabredet, kurz nach zehn vor dem Lokal trafen und küssten und eine Zigarette rauchten, bevor sie reingingen. Sie wollte ihm sagen, dass sie wieder Schwierigkeiten mit Maja hatte und deshalb ihre Mutter angerufen und sie gebeten habe zu kommen. Und dass sie ihrer besten Freundin Anna aus lauter Verzweiflung mindestens zwanzig SMS geschickt hatte. Und dass sie bereits um acht ihre Wohnung verlassen hatte und dann ziellos durch Schwabing gerannt war und am liebsten in die nächste Kneipe gegangen wäre, um sich zu betrinken und mit wildfremden Kerlen zu flirten, bloß damit sie auf andere Gedanken kam. Das hatte sie nicht getan. Sie war bloß durch die Straßen gelaufen, zwei Stunden lang. Das wollte sie ihm erzählen und ihm sagen, wie leid es ihr tue, was geschehen war und dass sie keine Erklärung für ihr Verhalten habe und sich dafür im tiefen Herzen verachte. Deswegen schmeckten ihr auch die Cocktails nicht und die Zigaretten. Die Musik gefiel ihr nicht, und es waren zu viele Leute um sie herum. Und Henrik stellte überhaupt keine vernünftigen Fragen, er war bloß beleidigt, und wahrscheinlich hatte er recht. Sie versaute ihm den Samstagabend, und wenn er gleich vom Klo zurückkam, hätte sich nichts geändert, er wäre noch grantiger als zuvor, und sie brächte immer noch kein vernünftiges Wort heraus.

Sie drückte Lissy, der Barkeeperin, einen Zwanzig-Euro-Schein in die Hand, nahm ihre blaue Wolljacke, die sie an einen Haken unter der Theke gehängt hatte, und drängte sich zur Tür durch. Nach ein paar Metern merkte sie, dass sie die Zigaretten liegen gelassen hatte, aber umkehren wollte sie nicht.

Vor der Tür sog sie die kalte klare Luft ein. Sie brauchte einige Sekunden, bis sie die Orientierung wiederfand. Beinah hätte sie die verkehrte Richtung eingeschlagen. Sie spürte den Alkohol. Ihr war ein wenig schwindlig. Ich hätt nicht kommen dürfen, dachte sie, ich hab schon wieder alles falsch gemacht.

Der Mann, der seit zwei Stunden darauf wartete, dass sie herauskam, folgte ihr so unauffällig wie am Abend.

Wenn sie in Begleitung ihres Freundes gewesen wäre,

hätte der Mann ihre Ermordung um einen oder zwei
Tage verschoben. Auf einen Tag mehr oder weniger kam
es ihm nicht an.

Von der Kneipe, die früher eine Bank war und deshalb
»Bank« hieß, ging sie die Müllerstraße bis zum Send-
linger-Tor-Platz, wo sie in die 27er Tram steigen wollte,
um in die Schellingstraße zu fahren, in deren Nähe sie
wohnte.

Auf der roten elektronischen Anzeige sah sie, dass
die nächste Straßenbahn erst in acht Minuten kam. Das
dauerte ihr zu lang. So ging sie weiter, über den Stachus,
durch die Ottostraße, auf dem Bürgersteig neben den
Gleisen her, bis zum Karolinenplatz und die Barer Straße
hinunter.

Sie ging mit offenem Mund und schnellen Schritten.
Sie keuchte und hustete, ihre Lungen brannten, ihr Herz
schlug heftig, ihre Gedanken überschlugen sich.

Wieder alles falsch gemacht, dachte sie, ich hätt nicht
weggehen dürfen, ich hätt zu Haus bleiben müssen, bei
der Maja, ich hätt meine Mutter wegschicken müssen.

Das dachte sie, seit sie beschlossen hatte, an keiner
Haltestelle auf die Tram zu warten. Ich darf nicht stehen
bleiben, dachte sie und wusste nicht genau, wieso. Vielleicht, weil sie überzeugt war, zu Fuß schneller zu sein.
Vielleicht, weil sie fürchtete, zusammenzubrechen, wenn
sie innehielt und die Gedanken in ihrem Kopf wie Grana-
ten explodierten. Nie wieder, dachte sie und dachte es ununterbrochen und achtete nicht auf die eisige Luft in ihrem Rachen und die Schritte hinter ihr, die näher kamen,
nie wieder werd ich der Maja was tun, nie mehr wieder,
das schwör ich dir beim Lieben Gott, Maja, nie wieder
musst du wegen mir weinen, nie wieder, nie mehr wieder.

Auf einmal hörte sie das Weinen ihrer dreijährigen Tochter, die kleine, hohe, verzweifelte Stimme. Wo kommt die denn her?, dachte Jasmin Reisig. Und während sie weiter dachte, dass ihr nie wieder, niemals wieder die Hand ausrutschen würde, drehte sie sich um, mitten im Gehen, im Laufen, mitten in einem langen Atemzug, und sah eine Gestalt und spürte etwas am Hals, etwas Weiches, wie Samt. Dann stolperte sie über ihre Beine.

Maja steht auf dem Elisabethmarkt und weint. Das sah Jasmin in diesem Moment. Maja steht beim Spielplatz, Tränen laufen ihr über die Wangen wie Bäche. Und Jasmin gibt ihr eine dritte Ohrfeige. Auch das sah Jasmin in diesem Moment abseits der Barerstraße. Als wäre sie eine andere. Als hätte gerade in ihrem Kopf ein Film begonnen. Maja hat die frische Semmel auf den Boden geworfen, die ihre Mutter extra beim Metzger gekauft hat. Daran dachte Jasmin in diesem Moment. Maja lässt die Semmel auf den schmutzigen Boden fallen. Dafür bekommt sie eine Ohrfeige. In diesem Moment, als etwas an ihrem Hals immer enger wurde, sieht sie, wie ihre Hand in Majas Gesicht klatscht. Und gleich noch einmal. Das sah sie ganz deutlich, und sie roch auch etwas, Leder, nach Rauch riechendes Leder. Maja darf nie mehr weinen wegen mir, dachte sie, und ihr fiel ein, dass sie sie auch in ihrem Bettchen nicht hätte ohrfeigen dürfen. Maja hörte nicht auf zu schreien, sie sollte endlich einschlafen und wollte nicht. Und wollte nicht. Hat einfach nicht aufgehört, wie schon oft. Das dachte Jasmin Reisig. Und dann starb sie.

An den Nachmittag in der Straßenbahn, als sie Maja eine Ohrfeige gegeben hatte, weil ihre Tochter immer weiter plapperte und immer lauter und gemeiner, dachte Jasmin

Reisig nicht mehr. Ein paar Frauen hatten streng drein-
geschaut, eine andere sagte: Manchmal wollen's halt
nicht hören. Sonst passierte nichts. Als einer der Fahr-
gäste ihr half, den Buggy aus dem Wagen zu hieven, hatte
Maja schon aufgehört zu schreien, sie lächelte den Mann
sogar an, was Jasmin sofort ungerecht fand.

In ihrer Zwei-Zimmer-Wohnung in der Schnorrstraße
war alles sauber und ordentlich, zweiundsechzig Qua-
dratmeter Gemütlichkeit mit einer orangefarbenen
Schlafcouch, zwei weichen Sesseln, grünen Pflanzen und
hundert Plüschtieren in allen Größen und Farben, Majas
Paradies.

Karla Reisig hatte einen der Sessel schräg vor die Couch
geschoben und ihre Beine daraufgelegt. Die amerikani-
sche Komödie im Fernsehen brachte sie zum Lachen,
aber sie kicherte nur in sich hinein, um Maja nicht zu wecken, die nebenan in der Obhut ihres Bären Malu schlief,
den sie von ihrer Oma zum Geburtstag bekommen hatte.

Ihre Oma trank Rotwein. In den Werbepausen ging sie
auf den Balkon und rauchte eine Zigarette.

Der Mann, der Jasmin Reisig getötet hatte, wohnte im
selben Stadtteil. Das war Zufall. Mit gebeugten Schultern
ging er durch die Nacht, sein Hass verebbte nur langsam, doch er wusste, wenn er zu Hause ankam, würde
wieder Stille in ihm sein. So war es jedes Mal. Er hatte
sich schon fast daran gewöhnt. Daran und an das, was
davor passierte.

Er rief seine Schwester an, sie meldete sich nicht. Also
ging er ins Bett, froh darüber, dass heute Sonntag war
und er nicht arbeiten musste.

1

Dienstag, 13. Januar, 3.05 Uhr

Mindestens zehn Minuten schaute er die Leiche an. Jeden, der in seine Nähe kam, scheuchte er mit einer Handbewegung weg. Mittlerweile kannten sie seine Verhaltensweisen am Tatort, aber sie mussten sich jedes Mal von neuem daran gewöhnen. Auch von Ludger Endres, dem Dezernatsleiter, ließ er sich nicht irritieren oder unterbrechen, einmal hatte er ihn sogar mit erhobenem Zeigefinger ermahnt, dem Toten, der vor ihnen lag, mehr Respekt entgegenzubringen, und sich dann abgewandt und mit verschränkten Armen minutenlang stumm das Mordopfer betrachtet. Er nannte es »Wärme erzeugen«, doch was genau er damit meinte, blieb seinen Kollegen ein Rätsel. Zumal Hauptkommissar Max Vogel keinerlei Interesse hatte, Erklärungen abzugeben.

Diese Art der Sturheit hatte er, wie einige andere Angewohnheiten, von seinem Vater Jonas übernommen, der fünf Jahre lang das Kommissariat für »Vorsätzliche Tötungs- und Todesfolgedelikte« geleitet hatte und nach einem schweren Unfall, bei dem er erblindete, aus dem Dienst ausgeschieden war. Dass ausgerechnet der noch nicht einmal vierzigjährige Endres, den er für einen selbstgefälligen Karrieristen hielt, zum Nachfolger seines Vaters ernannt worden war, ärgerte Max Vogel, auch wenn sein Vater die Entscheidung des Polizeipräsidenten befürwortet hatte.

»Bitte, Max«, sagte Endres.

Max kaute weiter auf seinen Lippen, wobei seine Miene ausdruckslos, fast abwesend wirkte. Es gab Momente, da missfiel Endres das Verhalten seines Kollegen noch mehr als sonst, er spürte, dass Max ihn jeden Tag mit Jonas verglich und der Meinung war, er, Endres, würde diesem Vergleich niemals standhalten.

Obwohl er sich schon selbst kindisch und unprofessionell vorkam, wenn er so dachte, scheute Ludger Endres die direkte Konfrontation, vielleicht aus Respekt vor den Verdiensten von Jonas Vogel, vielleicht, weil er ahnte, wie kompliziert es für Max gewesen sein musste, dass er erst durch das Unglück seines Vaters die Chance erhielt, die lang ersehnte Stelle in der Mordkommission zu bekommen. Nach den Statuten des Innenministeriums durften weder Familienmitglieder noch unverheiratete Paare im selben Kommissariat arbeiten, private Konflikte sollten so weit wie möglich aus dienstlichen Belangen herausgehalten werden. Eine Vorschrift, die nicht nur Endres für veraltet hielt.

Aber Max Vogel hatte darunter gelitten. Und er vermisste seinen Vater im Dezernat. Und er hatte immer noch nicht begriffen, wie es überhaupt zu dem Unfall kommen konnte und wieso sein Vater sich derart unvorsichtig verhalten hatte. Und er litt darunter, dass sein Vater nicht darüber redete und so tat, als verliefe sein Leben genauso wie früher, mit dem einzigen Unterschied, dass er jetzt blind war. Jeden Morgen, wenn Max ins Büro kam, saß da ein anderer hinter dem Schreibtisch seines Vaters, einer, der gesund war und sich nicht einmal um den Posten gerissen hatte, dieser war ihm einfach bloß angeboten worden, weil der bisherige Chef zu einem Behinderten geworden war, der er aber nicht sein wollte. Jonas Vogel wollte sein wie immer, egal, was seine Frau und seine beiden Kinder dazu sagten.

Das alles wusste Ludger Endres, vielleicht nahm er deshalb auf vieles Rücksicht, was Max Vogel betraf, und sah ihm zu, wie er mitten in der Nacht minutenlang stumm in einem Hinterhof stand.

»Schluss jetzt, Max«, sagte Endres. »Die Frau ist erdrosselt worden, mehr gibt es im Moment nicht zu sehen.«

»Dein Tonfall ist unangemessen«, sagte Max.

Endres gab ihm recht, aber er sagte: »Yvonne ist mit den Kindern in der Wohnung, geh zu ihr, bis die Psychologin kommt, und wenn möglich, sprich mit dem Sohn, frag ihn, ohne ihm zu nahe zu treten. Er weiß vermutlich am meisten von seiner Mutter.«

»Ist klar.« Ohne ihn anzusehen, ging Max an seinem Vorgesetzten vorbei zur Haustür. »Seine Schwester ist erst fünf, die wird nicht wissen, was ihre Mama nachts allein in der Stadt treibt.«

Beinah hätte Endres etwas erwidert. Aber um ihn herum waren zu viele Leute, die keine Zeit und kein Verständnis für ein Gerangel unter Kollegen hatten, die Spurensucher in ihren Schutzanzügen, der Arzt, die Kollegen von der Abteilung Todesermittlung, Streifenpolizisten, und alle im grellen Licht des Halogenscheinwerfers, der den asphaltierten Hof mit der toten Frau überstrahlte, die eigenartig verkrümmt vor der Hausmauer lag.

Jeder Einzelne, der in dieser Nacht an diesem Ort in der Luisenstraße seinen Dienst erfüllte, dachte an dasselbe wie Ludger Endres, als dieser nach einer Weile Max Vogel hinauf in den zweiten Stock folgte. Sie hatten die

Leiche gesehen und augenblicklich an zwei andere Mordopfer gedacht, die im vergangenen Jahr auf ähnliche Weise getötet worden waren, erdrosselt unter freiem Himmel, an nicht besonders abgelegenen Orten, niemand hatte etwas gesehen oder gehört. Jeder Ermittler, jeder Tatortanalyst und auch der Gerichtsmediziner ging von demselben Täter aus, doch die Suche blieb bisher ebenso erfolglos wie das Herausschälen eines Motivs. Und nun: Sonja Piers, achtunddreißig Jahre alt, Verkäuferin, Mutter eines fünfzehnjährigen Sohnes und einer fünfjährigen Tochter, von ihrem Ehemann getrennt lebend.

»Sie weint nicht mehr«, sagte Kommissarin Yvonne Papst an der Wohnungstür.

Endres horchte in die Wohnung. »Spricht der Sohn?«

Yvonne schüttelte den Kopf.

»Was macht Max?«, fragte Endres.

»Er hat dem Mädchen eine Geschichte vorgelesen, dann ist sie ganz still geworden. Ich hab gar nicht gewusst, dass Max so schön vorlesen kann.«

In der Tür zum Wohnzimmer tauchte eine Gestalt in einem schwarzen Ledermantel auf.

»Haben Sie meinen Vater erreicht?«, sagte Benjamin Piers. Außer dem Mantel trug er eine schwarze Jeans, ein schwarzes Hemd und schwarze Stiefel. Mit den Händen in den Manteltaschen kippte er gegen den Türrahmen.

»Noch nicht«, sagte Endres.

»Ist er nicht unterwegs?« Benjamin ließ den Hauptkommissar nicht aus den Augen.

»Sein Dienst ist schon aus. Wir erreichen nur seine Mailbox. Könnte er nicht doch bei einer Freundin sein?«

»Hab ich doch schon gesagt.«

»Wieso bist du dir so sicher, Benjamin?«, sagte Endres.

»Ich heiß Benny.« Schief und reglos, mit Schatten der

Furcht im Gesicht, stand er da, den Blick starr auf Endres gerichtet.

»Hast du deinen Vater heut Abend gesehen, Benny?«

»Nein.«

»Hast du mit ihm telefoniert?«

»Nein. Was passiert jetzt mit Mama? Muss ich mitkommen?«

»Wohin?«

»Ins … Leichenschauhaus.«

Mit einem Ruck richtete der Jugendliche sich auf. Aus der Tür nebenan kam Max Vogel in den Flur. Leise drückte er die Klinke und zog die Tür zu.

»Sie schläft«, sagte er.

»Du brauchst auf keinen Fall mitzukommen«, sagte Endres zu Benny und zögerte. »Du hast deine Mutter bereits identifiziert. Wir warten jetzt auf eine Ärztin vom Kriseninterventionsteam, die wird bei dir und deiner Schwester bleiben.«

»Wir brauchen niemand«, sagte Benny und ging ins Wohnzimmer zurück.

Die drei Ermittler schwiegen einige Sekunden, dann hörten sie ein unterdrücktes Schluchzen. Endres gab Max ein Zeichen, und sie gingen gemeinsam mit Yvonne ins Treppenhaus. »Du wartest fünf Minuten«, sagte der Erste Kriminalhauptkommissar leise. »Dann stellst du ihm dieselben Fragen noch einmal. Du bleibst in der Nähe, Yvonne, für den Fall, dass das Mädchen aufwacht. Der Junge hat uns angelogen.«

»Hat wahrscheinlich nichts mit dem Verbrechen zu tun«, sagte Yvonne.

»Bist du Hellseherin?«

Max wischte sich über die Augen. Er hatte einen trockenen Mund und brauchte dringend etwas zu trinken.

Er war nicht betrunken gewesen, als sein Kollege Arthur Geiger, der Bereitschaftsdienst hatte, ihn aus dem Schlaf klingelte, aber nüchtern war er auch nicht, er war müde und missgelaunt und immer noch aufgewühlt von einem Gespräch mit seinem Vater.

Außerdem hatte er die Leiche unten im Hof zu lange angesehen, um nicht zu begreifen, was sie ihm sagte.

Die Tote sagte ihm, dass sie einem Unbekannten begegnet war, der bereits zwei andere Menschen ermordet hatte, und niemand wusste, wieso.

»Noch sind wir am Anfang«, sagte Endres. »Unsere Vermutungen sind unwichtig, solange wir die familiären Verhältnisse nicht durchschaut haben. Der Sohn lügt, warum? Er behauptet, er wisse nicht, wo seine Mutter war. Er behauptet, er war nur kurz draußen, um Zigaretten zu holen.«

»Ich hab die Schachtel gesehen«, sagte Yvonne.

»Ich auch«, sagte Endres. »Möglich, dass er tatsächlich die Wohnung verlassen hat. Aber er hat ausgesagt, seine tote Mutter ...«

»Ich rede mit ihm«, sagte Max. Er konnte nicht länger zuhören, nicht länger dastehen und auf seinen trockenen Lippen kauen, nicht länger über seinen Vater und alles andere, was mit ihm zusammenhing, nachdenken. »Und ich nehm ihn mit ins Dezernat, wenn's sein muss, ist mir gleich, was die Psychologin sagt. Ich weiß schon, was wir tun müssen. Aber wir müssen uns auch nicht anlügen, wir drei.« Er sah seinen Chef an. »Du hast Angst vor einem Serientäter, der sein drittes Opfer gefunden hat, und ich sag dir, deine Angst ist berechtigt.«

Endres hob beide Hände, wie so oft, wenn er zu einer Erklärung ansetzte. »Wir wissen nahezu nichts über die tote Frau, Dr. Horn vermutet nach dem ersten Augenschein, sie wurde erdrosselt. Die Leiche wurde vom fünfzehnjährigen Sohn entdeckt, der nicht die Wahrheit erzählt. Halten wir also fest: Wir haben ein offensichtliches Mordopfer und keinen Hinweis auf den Täter, keine Zeugen und noch keine Tatzeit. Fangen wir also mit unserer Arbeit an und hören auf zu spekulieren, einverstanden, Max?«

»Lass uns mit Benny reden.« Yvonne Papst holte ihren Recorder aus der Jackentasche und wartete, bis Max an ihr vorbei in die Wohnung ging. Hinter den anderen zwei Türen auf der Etage waren gedämpfte Stimmen und Geräusche zu hören. Die Polizisten hatten die Nachbarn aufgefordert, in ihren Wohnungen zu bleiben. Nach einem besorgten Blick zu ihrem Vorgesetzten stieß Yvonne einen Seufzer aus. Die Ermittlungen bei den zwei Mordfällen, auf die Max anspielte, hatten unter ähnlich offenen Bedingungen begonnen – Leute schwindelten oder versuchten, private Dinge zu vertuschen, Indizien tauchten auf, Spuren, die zu möglichen Verdächtigen führten –, und am Ende blieben die Taten unaufgeklärt. Zwischen den Opfern, einer Frau und einem Mann, schien es keine Verbindung zu geben. Yvonne war sicher, dass der Name Sonja Piers in den Ermittlungsakten nicht auftauchte.

Was Benjamin Piers ihr und Max Vogel in abgehackten Sätzen berichtete, brachte ihnen vorerst keine neuen Erkenntnisse. Im wesentlichen wiederholte er seine Aussagen, die er im Hof gegenüber zwei Streifenpolizisten und anschließend vor Ludger Endres gemacht hatte, wonach er kurz nach ein Uhr die Wohnung verlassen habe, um an einem Automaten Zigaretten zu ziehen. »Der Kasten in der Luisenstraße war kaputt, also bin ich die Schellingstraße vor und hab mir in einem Lokal eine Schachtel gekauft. Ich hab eine geraucht, eine Cola getrunken und bin zurück. Hat höchstens fünfzehn Minuten gedauert. Und dann hab ich sie da liegen sehen, an der Hausmauer, wie oft muss ich das noch sagen? Glauben Sie mir vielleicht nicht?«

Yvonne Papst und Max Vogel glaubten ihm nicht »vielleicht nicht«, sie glaubten ihm nicht. Etwas stimmte an seiner Aussage nicht, und sie hatten noch keine Erklärung dafür. »Kurz nach eins« war eine schwammige Zeitangabe, auf mehrmaliges Nachfragen legte Benjamin Piers sich auf »ungefähr Viertel nach eins« fest. Die Angaben über seinen Aufenthalt in der »News Bar« in der Schellingstraße, Ecke Amalienstraße würden die Kommissare im Lauf des Tages nachprüfen.

Obwohl weder Yvonne noch Max regelmäßig in diesem Teil der Maxvorstadt unterwegs waren, wussten sie, dass man vom Haus in der Luisenstraße 62 bis zur Amalienstraße und wieder zurück länger als eine Viertelstunde benötigte, erst recht, wenn man unterwegs eine Weile an einem Zigarettenautomaten herumhantierte und dann in einem Lokal eine rauchte und was trank. Warum auch immer der Junge in diesem Punkt log, Max Vogel hielt die Geschichte dennoch nicht für ein Hirngespinst. Benny hatte im Hof über sein Handy die Polizei angerufen und sich nicht von der Stelle bewegt. Er trug seinen schwarzen Ledermantel, seine Stiefel und eine Wollmütze, keine Handschuhe. Er war also draußen gewesen. Und wenn er die Leiche seiner Mutter entdeckt hätte, als er das Haus verließ, hätte er ebenfalls sofort die Polizei verständigt. Daran hatte Max keinen Zweifel. Also stand fest, dass Sonja Piers ermordet worden war, während ihr Sohn Zigaretten holen war oder sonst etwas außerhalb der Wohnung getan hatte.

Und wenn er viel raffinierter war als er wirkte? Wenn

er seiner Mutter beim Verlassen des Hauses begegnet und es zu einem Streit gekommen war, der tödlich endete? Danach hätte Benny immer noch Zigaretten holen und irgendwo eine Cola trinken können. Wenn in der Zwischenzeit jemand anderes die Leiche gefunden hätte, hätte er den Kern seiner Aussage nicht einmal zu ändern brauchen. Als er wegging, hätte er sagen können, lag seine Mutter noch nicht im Hinterhof.

Keine Zeugen. Kein Motiv.

Die fünfjährige Nina könnte eine Zeugin sein.

Sie schlief, und niemand würde sie um diese Zeit wecken.

Nachdem Hannes Piers, der Vater von Nina und Benny, und Elena Tanner vom Kriseninterventionsteam gekommen waren, verließen Yvonne und Max die Wohnung. Der einundvierzigjährige Taxifahrer erklärte, er sei nach seinem Dienst mit einer Freundin im Kino gewesen und anschließend in einer Kneipe, bevor er mit zu ihr gegangen sei. Seine Angaben würde Max später überprüfen. Was ihm auffiel, war, wie innig Vater und Sohn sich begrüßten und wie erleichtert Benny auf einmal wirkte.

Die Leiche war bereits ins Gerichtsmedizinische Institut gebracht worden. Die Spurensucher gingen im grellen Halogenlicht weiter akribisch ihrer Arbeit nach, sammelten Steinsplitter und Scherben ein, kratzten Stellen an der Hauswand ab, pinselten Magnetpulver darüber, fotografierten aus jedem Winkel den Fundort der Leiche, untersuchten den gesamten Hinterhof bis zur Durchfahrt zum Bürgersteig. Sie fertigten Gipsabdrücke von Fußspuren an, die sich in einem kleinen Rasenstück an der Mauer zum Nachbargrundstück befanden.

Von den umliegenden Fenstern aus fotografierten Be-

wohner die drei Männer und zwei Frauen in ihren weißen Schutzanzügen. Das Grundstück war bis zur Straße
hin mit rotweißen Bändern abgesperrt. Drei Fahnder der
Mordkommission befragten die Anwohner und schreck-
ten sie notfalls aus dem Schlaf. Solche Befragungen waren reine Routine, und was den einundsechzigjährigen
Hauptkommissar Arthur Geiger betraf, der seit dreiund-
dreißig Jahren bei der Kripo arbeitete, so erschienen sie
ihm gelegentlich wie Rituale, die stattfinden mussten,
um die Ordnung und das allgemeine Bild vom reibungs-
los funktionierenden Polizeiapparat aufrechtzuerhalten.
An einen tieferen Sinn zu glauben, fiel Geiger zunehmend
schwer. Die Leute, stellte er seit langem fest, forderten
Überwachungskameras an allen erdenklichen Ecken und
hatten auch nichts oder wenig dagegen, wenn ihre Computer oder Handys im Rahmen von Sicherheitsmaß-
nahmen angezapft wurden. Doch das selbstständige
Schauen und Hören und das Wachsamsein im Radius
des eigenen Lebens gelang ihnen offensichtlich immer
weniger.

»Sie waren den ganzen Abend wach«, sagte Geiger zu
der jungen Mieterin im Parterre des Vorderhauses. »Und
Sie haben niemanden rufen oder schreien hören?«

»Hab ich nicht. Wer ist die Frau, von der Sie da reden?«

»Sie kennen sie doch nicht«, sagte Geiger.

Dienstag, 4.58 Uhr

Die Stille war das Schlimmste. Die Worte brodelten in
ihnen, aber sie wagten nicht, sie auszusprechen, vielleicht
aus Furcht, sie würden damit das Polizeipräsidium in

Brand setzen. Vielleicht war es eine andere Furcht, die sie am Reden hinderte, aber eine Furcht war es. Sie fürchteten sich vor dem, was gesagt werden musste, und sie fürchteten, nicht die richtigen Worte zu finden, wenn sie danach gefragt wurden.

Im Grunde hatte Dr. Wilhelm Horn, der Pathologe, mit einem einzigen Satz ihr Schweigen ausgelöst, einem Satz, den sie, wenn sie ehrlich waren, erwartet hatten, den sie jedoch umso niederschmetternder empfanden, als sie bis zu diesem Moment jeden Gedanken an die offen vor ihnen liegende Wahrheit mit größtmöglicher Anstrengung verdrängt hatten, entgegen aller Vernunft und Erfahrung. »Die Strangmarke«, sagte Dr. Horn am Telefon zu Ludger Endres, und Yvonne Papst und Max Vogel hörten über Lautsprecher mit, »geht in der gleichen Weise um den Hals wie bei den anderen beiden Opfern, die kleinfleckigen Blutungen und das verfärbte und aufgedunsene Gesicht deuten klar auf Erdrosselung hin. Ich kann nicht ausschließen, dass es sich um denselben Täter handeln könnte wie im Fall der getöteten Jasmin Reisig und Sebastian Loholz.«

Dr. Horn hatte noch ein paar andere Dinge gesagt, über Faserspuren und Abschürfungen an den Händen, aber das Schweigen der Kommissare hatte schon begonnen. Endres bedankte sich, legte den Hörer auf, schloss die Augen, stützte den Kopf in die Hände, verharrte und blickte zum Fenster, vor dem es dunkel war.

Max und Yvonne saßen auf ihren Stühlen, beide mit übereinander geschlagenen Beinen und verschränkten Armen, beide mit bleichen Gesichtern, beide mit halb geöffnetem Mund.

Plötzlich zerriss ein Piepen die Stille. Yvonne zuckte zusammen, während Endres und Max nur einen gequälten

Laut ausstießen und zur Wand sahen, als erwarte sie dort eine Überraschung. Dabei vermeldete bloß die handgeschnitzte Kuckucksuhr, die Jonas Vogel am Tag seines Abschieds aus dem Polizeidienst mitgebracht hatte, wie spät es war.

Fünf Uhr früh.

»Die Uhr muss endlich weg«, sagte Endres.

Yvonne entglitt ein Lächeln. Den Satz sagte ihr Chef jede Woche mindestens ein Mal. Aber die Sache mit der Kuckucksuhr war nicht so einfach.

»Wir fangen von vorn an.« Max stand auf und strich sich über die Augen. »Loholz, Reisig, Piers, wir werden eine Verbindung finden, wir suchen uns die Stammbäume raus, wir befragen alle Zeugen noch mal, wir gleichen sämtliche DNA-Spuren der drei Fälle bei INPOL ab, es muss einen Zusammenhang zwischen den Taten geben. Was ist los mit dir?« Er betrachtete Endres, der mit dem Oberkörper unaufhörlich vor und zurück wippte und dabei den Kopf gesenkt hielt. Er sah aus wie jemand, der unter Hospitalismus litt.

»Ist dir schlecht?«, sagte Yvonne.

Mitten in der Bewegung hielt Endres inne. »Ja«, sagte er. »Wir fangen von vorn an. Aber von hinten. Zuerst lässt du Benjamin Piers herbringen, Max, und du hältst ihn hier fest, bis er die Wahrheit sagt, mit oder ohne Anwalt, mit oder ohne seinen Vater, Schule fällt für ihn aus. Und du, Yvonne, sprichst mit der kleinen Tochter, mit den Freundinnen der Familie, du stellst nur Fragen und forderst nichts, zeig ihnen Fotos der anderen Opfer und von deren Angehörigen und rede auch mit denen noch einmal. Du hast keine Eile, ich möchte, dass du in die Familien der drei Opfer hineinwächst. Wir haben jemanden übersehen, jemand ist unsichtbar in einer der drei Familien.«

Nachdem Yvonne und Max sein Büro verlassen hatten, öffnete Endres das Fenster zum Innenhof und atmete minutenlang die kalte Luft ein. Die Furcht war zurückgekehrt, bedrohlicher als vorher, weil sie jetzt nur ihn allein betraf. Schon wieder, zum dritten Mal innerhalb eines Jahres, musste er vor Kinder treten und ihnen sagen, dass er keine Ahnung hatte, wer ihnen ihre Mutter mit eisiger Gewalt weggenommen hatte. Beim ersten Mal war es der Vater gewesen, ein einunddreißigjähriger Mann, den sein neunjähriger Sohn nie wiedersehen würde. Beim zweiten Mal hatte ein dreijähriges Mädchen ihre Mutter verloren und nun waren es gleich zwei Kinder, deren Mutter gewaltsam gestorben war. Was sollte Endres ihnen sagen? Dass er alles tun werde, um den Mörder zu finden? So etwas zu sagen, war lächerlich, es war sein Beruf, Mörder zu finden, die Angehörigen aller Opfer bezahlten ihn dafür und die Opfer selbst hatten ihn dafür bezahlt. Und was bedeutete »alles tun«?

Sie hatten nicht alles getan. Hätten sie alles getan, wäre der Mörder von Sebastian Loholz längst verurteilt, und Jasmin Reisig und Sonja Piers wären noch am Leben.

Was sollte er den Kindern sagen? Er hatte keine Kinder, er tat sich auch sonst oft schwer, mit Kindern umzugehen. Sätze für traurige Erwachsene hatte er eine Unmenge auf Lager, die meisten hatte er im Lauf seiner Dienstjahre mehrmals ausprobiert und sie hatten sich bewährt, sie zeigten Wirkung, sie erfüllten ihren polizeilichen Zweck.

Wie sollte er mit den Kindern sprechen?

Er ging zurück zum Schreibtisch und schlug sein ledernes Adressbuch mit den Telefonnummern auf. Vielleicht war es falsch oder dumm oder unnötig, was er tun wollte, das spielte keine Rolle. Ein Gespräch unter Kollegen, nichts weiter.

Er hatte schon die ersten Ziffern in den Apparat ge-
tippt, als ihm bewusst wurde, dass es erst halb sechs Uhr
morgens war. Erschrocken legte er den Hörer auf. In drei
Stunden, nahm er sich vor, wollte er es noch einmal
versuchen, auch wenn er ein seltsames Gefühl dabei
hatte.

2

Dienstag, 13. Januar, 10.40 Uhr

Vorschriftsgemäß hatte Max Vogel Bennys Vater den
Grund für die Vernehmung seines Sohnes mitgeteilt und
ihm erklärt, dass er zunächst nur eine informatorische
Befragung durchführen wolle, um herauszufinden, ob
Benny als Zeuge überhaupt in Frage komme. Diese Be-
gründung entsprach nur bedingt der Wahrheit. So wenig
wie Ludger Endres hielt auch Max die bisherigen Aussagen des Jugendlichen für glaubwürdig, aber solange sie
die Richtung ihrer Ermittlungen nicht kannten, mussten
sie behutsam vorgehen, zumal unübersehbar war, wel-
chen Schock die Ermordung von Sonja Piers bei Benjamin und seinem Vater ausgelöst hatte. Trotzdem stimmte
etwas in ihrem Verhalten nicht.

Während Endres und Arthur Geiger mit dem Taxifah-
rer über seine Familienverhältnisse sprachen, bevor sie
die offizielle Vernehmung begannen, brachte Max den
Schüler in einen von zwei Neonröhren ausgeleuchteten
Raum mit einem viereckigen weißen Tisch und zwei
Klappstühlen aus Plexiglas.

Benjamin trug wieder seinen schwarzen Mantel, darunter ein sauberes schwarzes Hemd mit hellen Streifen,
das von seiner auf Taille geschnittenen Form und dem
teuren Stoff wenig zu dem abgeschabten und für den

26

schmächtigen Jungen viel zu großen Ledermantel passte. Das harte Licht zwang Benny, ständig zu blinzeln. Als er sich setzte, zog er wie zum Schutz die Schultern hoch und schaute mit verschatteten, unruhigen Augen zur Wand. Vor jeder Antwort ließ er etwas Zeit vergehen, und Max überlegte, ob Benny intensiv nachdachte oder die Frage nicht verstanden hatte. Manchmal kratzte er sich unter dem Tisch den Handrücken und schlug die Knie gegeneinander. Zwischendurch drang aus seinem Magen ein leises Knurren.

»Du weißt, wir unterhalten uns bloß«, sagte Max. »Das alles hat nichts mit einem Verhör zu tun.«

»Warum dann ausgerechnet hier?«

Das war keine dumme Bemerkung.

»In den Büros haben wir keine Ruhe«, sagte Max und legte die Hände auf den Tisch.

»Was ist eine informatorische Befragung?«

Den Begriff hatte er sich also auch gemerkt. »Ein Vorgespräch«, sagte Max.

Nach einem Moment sagte Benjamin: »Vor was? Was kommt dann?«

Max setzte seine gleichmütige, undurchschaubare Miene auf. »Oft bleibt es bei dem Gespräch. Wenn sich herausstellt, dass mein Gesprächspartner uns bei der Arbeit nicht weiterhelfen kann.«

»Warum ist er dann überhaupt gefragt worden?«

»Weil er in der Nähe war.« Bevor Benjamin ins Grübeln kam, redete Max weiter. »Weil er sich eingebildet hat, etwas gesehen zu haben, was sich später als Irrtum herausstellte. Weil er sich freiwillig bei uns gemeldet hat. Weil er ein wichtiger Zeuge hätte sein können. Verstehst du?«

»Oder ein wichtiger Verdächtiger.«

Eines stand für Max fest: einen unausgeschlafenen Zeugen hatte er nicht vor sich, auch wenn Benny aussah, als wäre er die vergangenen drei Nächte nur unterwegs gewesen. »Jeder Verdächtige ist wichtig. Ich wiederhole noch mal, du kannst offen mit mir sprechen, in dem Raum gibt es keine versteckten Mikrophone oder Kameras. Wenn du möchtest, bleibt alles, was du mir sagst, unter uns. Deine Mutter ist ermordet worden, und unsere Arbeit fängt gerade erst an. Wir können Hilfe von allen Seiten gebrauchen. Niemand kannte deine Mutter besser als du, niemand kann uns ihren Charakter, ihr Denken und ihr Empfinden besser erklären als du, du warst vermutlich ihr bester Freund, besonders nach ihrer Trennung von deinem Vater. Über solche Dinge möchte ich mit dir sprechen. Verstehst du, was ich meine, Benny?«

Der Jugendliche wich dem Blick des Kommissars aus, blinzelte abwechselnd erst mit dem einen, dann mit dem anderen Auge. »Versteh schon.« Wieder schien er eine Weile in sich zu versinken. »Aber ich weiß nicht, wer meine Mutter umgebracht hat.«

»Das glaube ich dir.« Für einen kurzen Moment dachte Max daran, Benny zu fragen, ob er etwas zu trinken mochte. Dann wollte er nicht noch mehr Zeit verlieren. »Als du gegen halb eins heut Nacht das Haus verlassen hast«, sagte er mit gleichmütiger Stimme, »da bist du niemandem begegnet, nicht im Hausflur, nicht im Hinterhof, nicht auf der Straße in der Nähe eurer Wohnung.«

Die Antwort kam schneller als erwartet. »Nein«, sagte Benjamin.

Max nickte, nicht aus Zustimmung, sondern weil er ein paar Sekunden verstreichen lassen wollte, um Benjamin die Chance zu geben, etwas zu korrigieren. Das tat er nicht. Entweder hatte er nicht hingehört oder er stimmte der Aussage zu, wonach er »gegen halb eins« das Haus verlassen habe und nicht, wie er noch in der Nacht erklärt hatte, »ungefähr um Viertel nach eins«.

»Denk genau nach«, sagte Max. »Versetz dich in die Situation von heut Nacht. Schließ die Augen.«

Benny schloss die Augen. Er kratzte sich die Hand, legte die Stirn in Falten.

»Du bist in der Wohnung, du ziehst deinen Mantel an, du gehst leise zur Tür ...« Beinah hätte Max gesagt, »um deine schlafende Schwester nicht zu wecken.« Dabei war dies eines jener möglicherweise entscheidenden Details, die er unmöglich wissen konnte. »Du machst die Tür hinter dir zu, gehst die Treppe runter, öffnest die Haustür, es ist kalt draußen, spürst du die Kälte?«

Benjamin reagierte nicht. Seine Augen waren immer noch geschlossen.

»Du gehst über den Hof zum Durchgang, du biegst nach links ab, du hältst Ausschau nach dem Zigarettenautomaten ...«

»Genau«, murmelte Benjamin.

»Der Automat klemmt, du ärgerst dich, du schlägst dagegen ...«

»Hab ich nicht gemacht, mach ich nie.«

Max glaubte kein Wort. Außer, der Schüler war nicht bei dem Automaten gewesen, weil er von Anfang an ein anderes Ziel gehabt hatte. »Daraufhin gehst du in die Schellingstraße, du kennst dort eine Kneipe, wo du Zigaretten kaufen kannst. Hast du die Luisenstraße überquert?«

Benjamin riss die Augen auf. Sofort blendete ihn das Neonlicht, er blinzelte und schnaufte und schlug mehrmals die Knie aneinander. »Was hab ich? Wieso denn?

Kann ich nach Hause gehen, mehr weiß ich nicht, ich hab Ihnen alles für Ihr informatives Vorgespräch gesagt.«

Den Eindruck einer informatorischen Befragung hatte Max Vogel noch lange nicht. »Du hast also niemanden gesehen, der dir eigenartig vorkam? Gut. Dann sind wir schon einen Schritt weiter.«

»Wieso?« Er hatte eine Weile gebraucht, bis er das eine Wort herausbrachte.

»Damit grenzen wir den Zeitpunkt der Tat ein«, sagte Max. Als habe dies der Gerichtsmediziner nicht längst getan. »Wie lange hast du gebraucht, bis du wieder zu Hause warst?«

»Viertelstunde.«

»Viertelstunde. Hast du auf die Uhr gesehen?«

»Hab ich nicht.«

»Das macht nichts. Könnte es länger als eine Viertelstunde gedauert haben?«

»Glaub ich nicht.«

»Du bist zur Amalienstraße vorgegangen«, sagte Max. »Über die Türkenstraße drüber bis zur nächsten Ecke, das ist weit. Und dann hast du auch noch was getrunken.«

»Ja, hab ich.«

Max strich sich über die Augen. »Ich hab's mir aufgeschrieben, mein Block liegt in meinem Büro, ich weiß es nicht mehr auswendig. Was hast du in dem Lokal getrunken?«

»Ist das wichtig?«

»Nein«, sagte Max und wartete, wie vorhin, einige Sekunden, bevor er weiterredete. Wieder ergriff der Junge nicht das Wort. Wahrscheinlich wusste er nicht mehr, welches Getränk er in der Nacht erwähnt hatte, doch da Max nicht die geringste Idee hatte, was das zu bedeuten haben könnte, brachte ihn die Bemerkung im Moment nicht weiter. »Wichtig ist, was du gesehen und was du nicht gesehen hast. Und wenn du auch auf dem Heimweg niemanden gesehen hast, auch nicht in der Nähe eurer Wohnung, dann bist du hier bald entlassen.«

»Wieso bald und nicht gleich?«

»Ich will dir noch mal die Bedeutung einer informatorischen Befragung erklären.«

»Hab ich schon verstanden. Wir labern ein bisschen und Sie schauen, was es bringt.«

»Genau«, sagte Max. Jetzt machte er eine kurze Pause, bis Benny ihn irritiert ansah. »So eine Befragung dient also dazu, rauszufinden, ob jemand ein Zeuge ist oder nicht, ob jemand ein Verdächtiger ist oder nicht, und ob jemand ein Beschuldigter ist oder nicht. Als Beschuldigter hast du das Recht, die Aussage zu verweigern, bis zum Gerichtsprozess, wenn du willst, du darfst dir einen Anwalt aussuchen und kannst von der Polizei bestimmte Dinge verlangen, die dir helfen sollen, dich zu entlasten. Als Verdächtiger wär es vernünftig, nicht zu schweigen, ist ja logisch, es könnte ja sein, dass die Polizei dich zu Unrecht verdächtigt. Als Zeuge musst du aussagen, das ist deine Pflicht, außer du würdest mit deiner Aussage einen Verwandten belasten. So sind die Regeln, Benny, hast du mir folgen können?«

»Was hab ich damit zu tun?«

»Das weiß ich noch nicht«, sagte Max. »Deswegen sitzen wir ja hier.«

»Ich hab alles gesagt, was ich weiß, ich will jetzt gehen, Sie dürfen mich hier nicht festhalten, das ist illegal.«

»Kann schon sein, dass du mir alles gesagt hast, was du weißt. Aber du hast mir noch nicht gesagt, was ich weiß.«

»Was? Was ist? Was hab ich gesagt?«

»Ich weiß was, das du auch weißt. Aber du sagst es mir nicht, und ich versteh nicht, warum?«

»Was denn?« Benjamin rückte mit dem Stuhl nach hinten. »Ich geh jetzt, ich will zu meinem Vater.« Mit einer heftigen Bewegung stand er auf. Sein Mantel gab ein knirschendes Geräusch von sich.

»Setz dich, Benny«, sagte Max, rückte ebenfalls mit dem Stuhl vom Tisch weg und schlug die Beine übereinander. »Setz dich hin, und wir reden weiter.«

»Ich red nicht mehr mit Ihnen. Ich hau ab.«

»Setz dich und ich sag dir, was ich weiß und was du auch weißt.«

Möglicherweise aus einem Impuls der völligen Ratlosigkeit heraus machte Benjamin erst einen Schritt auf den Tisch zu und steckte die Hände in die Manteltaschen. Im nächsten Moment nahm er sie wieder heraus, ging, ohne den Kommissar aus den Augen zu lassen, drei Schritte rückwärts, stellte sich hinter den Stuhl und stemmte die Arme auf die Lehne.

Sie schwiegen eine Zeitlang. Dann sagte Max: »Deine Mutter ist heute Nacht zwischen null Uhr dreißig und ein Uhr dreißig gestorben. Und das weißt du.«

Wie eine Wand aus Leder ragte Benjamin Piers bleich und starr ins Neonlicht. Sein Mund war halb geöffnet, ein Röcheln kam daraus hervor, das er selbst nicht wahrnahm.

»Du weißt es, Benny.«

Das Einzige, was der Junge schaffte, war, den Kopf zu schütteln.

»Du weißt es, weil du kurz vor halb zwei nach Hause gekommen bist.« Scheinbar ungerührt saß Max mit übereinandergeschlagenen Beinen auf dem Klappstuhl.

»Aber ich hab … ich hab doch …« Vor lauter Blinzeln brachte Benny kein Wort zustande.

»Ich glaube nicht, dass du schuld am Tod deiner Mutter bist«, sagte Max. »Aber du bist nicht um halb eins oder, wie du heut Nacht behauptet hast, gegen Viertel nach eins aus der Wohnung gegangen, und weißt du, woher ich das weiß?«

»Nein«, sagte Benny und schüttelte den Kopf.

»Weil du dann schon beim Verlassen des Hauses die Leiche deiner Mutter gesehen hättest, das ist doch logisch. Du hast aber niemanden gesehen, du hast nichts gesehen. Wann du wirklich das Haus verlassen hast, wirst du mir noch sagen, und zwar in einer Zeugenvernehmung. Denn du bist jetzt ein Zeuge, der gelogen hat, Benny. Damit ist unser Vorgespräch beendet. Möchtest du noch etwas hinzufügen?«

Benjamin Piers holte Luft, schloss den Mund, öffnete ihn wieder, machte einen Schritt und ließ sich auf den Stuhl fallen. Sein Kopf sackte auf die Brust, und Max bemerkte, dass Benny mehrmals hintereinander die Luft anhielt, als habe er einen Schluckauf.

»Ich komm gleich wieder«, sagte der Kommissar. »Dann bring ich was zu trinken mit und ein Aufnahmegerät.«

Als er die Tür des Vernehmungsraums hinter sich zuzog, hörte er vom Ende des Flurs her ein heiseres Bellen.

Dienstag, 12.15 Uhr

Roderich Rosenblatt bellte nie länger als fünf Sekunden.

Das hatte er auch bei seiner Vorbesitzerin nicht getan, der Gräfin, die er elf Jahre lang, bis zu ihrem Tod im

Alter von dreiundachtzig Jahren, begleitet hatte. Danach sollte er zu ihrer Halbschwester an den Ammersee kommen, aber dort wurde er trübsinnig. Er verweigerte die Nahrungsaufnahme und verlor dramatisch an Gewicht, was dazu führte, dass ihm seine grauen zotteligen Haare wie ein falsches Fell vom Körper fielen und auf der Erde schleiften. In seinem Blick, der auch sonst schon einen steinerweichenden Effekt hatte, lag ein Ausdruck von Weltschmerz in kosmischem Ausmaß. Von seinem einstigen Spieltrieb, seinem clownesken Umgang mit Kindern, seiner energetischen Laufbereitschaft blieb nichts als ein träges Sich-Vorwärtsschleppen, ein Torkeln von Zimmer zu Zimmer und über die Bürgersteige der Provinz. Denn wie sich herausstellte, schien Roderich nicht der unerwartete Herztod seines Frauchens derart niederzudrücken, sondern offensichtlich die Vorstellung von einer Zukunft auf dem Land und vom Ende seiner großstädtischen Existenz in seinem vertrauten, geliebten Viertel östlich der Münchner Balanstraße. Einer Nachbarin, Esther Vogel, hatte er es schließlich zu verdanken, dass er in die Herrenchiemseestraße in Ramersdorf zurückkehren durfte, allerdings zu einem Mann, der ihn nicht gerade mit offenen Armen empfing. Denn obwohl Jonas Vogel erblindet war, sah er nicht ein, was er mit einem langhaarigen, schwerfälligen, vermutlich depressiven Bobtail anfangen sollte, in dessen Genealogie Blindenhunde eher selten vorkamen. Doch innerhalb weniger Wochen fand Roderich zu seiner früheren Statur zurück, bei einer Größe von fünfundsechzig Zentimetern brachte er bald wieder ein Gewicht von zweiundvierzig Kilogramm auf die Waage, und die Nähe des eigenwilligen Exkommissars, den er seit langem gut kannte, weckte in ihm die alten Lebensgeister. Zwar wirkte er auf den ersten Blick wie ein massiger, quadratischer Kasten, aber wenn er in freudige Stimmung geriet, hüpfte er fast auf seinen, wie Socken aussehenden weißen Pfoten durch die Gegend und stieß, wenn auch nur für Sekunden, ein dunkel klingendes Bellen aus.

»Du erschreckst ja unsere Zeugen«, sagte Max Vogel und kraulte Roderich den Kopf. Der Hund trottete neben ihm her und schmiegte sich an sein Bein.

»Das hast du gut gemacht«, sagte Jonas Vogel. »Servus, Maxl.« Von nebenan hatte er die Befragung des Schülers mit angehört. Im Vernehmungsraum waren ein Mikrophon und eine winzige Kamera installiert. Es passierte nicht so selten, dass ein Kommissar einem Zeugen oder Verdächtigen im Vorgespräch etwas anderes erzählte.

»Servus, Papa«, sagte Max. »Was machst du hier?«

Sofort kam ihm die Frage ebenso überflüssig wie unvermeidlich vor. Sein Vater tauchte regelmäßig im Dezernat auf, aus Gewohnheit, aus Interesse an der Arbeit der ehemaligen Kollegen, aus Neugier – Max hatte längst aufgehört, nach Gründen zu suchen. Abgesehen davon hatte sein Vater tatsächlich nach seinem offiziellen Abschied bereits an der Aufklärung einiger Verbrechen mitgewirkt, und bei den Mordfällen mit den strangulierten Opfern bezog Endres ihn hinter den Kulissen in die Fahndung mit ein, in der verzweifelten Hoffnung auf die unvergessenen Fähigkeiten des »Sehers«.

So hatten ihn Kollegen – und später auch Journalisten – genannt, weil er ihrer Meinung nach auch in den komplexesten Situationen nie die Orientierung verlor, bei Einsätzen vor Ort ebenso wenig wie in Vernehmungen, wenn er die raffiniertesten Lügen durchschaute und Zusammenhänge erkannte, die niemandem sonst aufgefallen wären. Von Anfang an verwahrte Jonas Vogel sich gegen den Spitznamen, erfolglos. Irgendwann schlug sein Unmut in Gleichmut um, und er winkte nur noch ab, wenn jemand ihn wieder einmal so nannte.

Nach seinem Unfall fand er die Bezeichnung eigentlich schmeichelhaft – im Gegensatz zu seiner Frau und seinen Kindern.

»In meiner Laufbahn als Kommissariatsleiter hatte ich es nie mit einem Serientäter zu tun«, sagte Jonas Vogel. Er stützte sich auf seinen Aluminiumstab. Seine blauen Augen leuchteten matt, eine dunkle Brille trug er so wenig wie eine Armbinde, und wenn er sich bewegte, wirkte er selbstsicher und zielstrebig. »Ich bin genau wie früher«, pflegte er zu sagen, »bloß eben jetzt blind.« Sätze, die seine Frau nicht hören wollte, nicht hören konnte. Max verstand seine Mutter sehr gut.

»Ob wir einen Serientäter suchen, steht noch nicht fest.«

»Glaubst du, die Frau ist Opfer eines Familienkonflikts?«, sagte Vogel.

»Ich weiß es nicht«, sagte Max. Jedes Mal freute er sich eine Minute lang, wenn er unverhofft seinem Vater begegnete, und nach einer Minute empfand er seine Nähe als einschüchternd und aufdringlich. »Was machst du hier?«

»Endres rief mich an. Schau nicht so verwirrt.«

»Ich schau nicht verwirrt, ich denk nach.«

»Worüber?«

»Bitte?«

»Die Vernehmung des Jungen war sehr gut«, wiederholte Vogel. »Er ist ein gewöhnlicher Lügner, er bringt dich nicht weiter.«

»Wir spielen über Bande«, sagte Max. »Vielleicht ist ihm doch was aufgefallen, auch wenn er nicht direkt am Tod seiner Mutter beteiligt war.«

»Er ist auch nicht indirekt beteiligt«, sagte Vogel. »Das hör ich aus seiner Stimme.«

»Ja, Seher.«

Vogel tastete mit der rechten Hand durch die Luft. Max hatte keine Wahl. Er trat einen Schritt auf seinen Vater zu und wartete, bis dessen Hand auf seiner Schulter lag. Roderich gab ein zufriedenes Brummen von sich.

»Lass dich nicht ablenken, Maxl. Endres hat mir gesagt, der Vater des Jungen lügt auch, ihr werdet also wieder einmal eine Familientruhe öffnen müssen. Aber darin sind keine Spuren zum Serientäter.«

»Das Wort gefällt mir nicht.«

»Die Frau heute Nacht wurde mit einer Kordel erdrosselt, wie die beiden anderen.«

»Weiß ich.«

»Die Faserspuren sind extrem ähnlich.«

»Weiß ich.«

»Die Umstände sind extrem ähnlich.«

Max kaute auf seinen Lippen. Er hatte Durst, er musste Wasser besorgen und den Recorder. Eins nach dem anderen.

»Ich werde euch helfen.«

»Wie geht's Mama heut?« Was Max mit dieser Frage bezweckte, wusste er selbst nicht. Er war fast erleichtert, als sein Vater die Hand von seiner Schulter nahm.

»Sie geht zu einer Auktion, Kranich hat sie gefragt, ob sie mitkommen möchte. Ich hab ihr gesagt, sie soll ruhig was ersteigern.«

»Das macht sie nie.«

Eine der Bürotüren wurde aufgerissen. »Könnt ihr mal kommen?« rief Ludger Endres. »Da ist ein Mann am Telefon, der sagt, er habe heut Nacht in der Luisenstraße eine Beobachtung gemacht, bei Hausnummer 62.«

37

Dienstag, 12.25 Uhr

»Nach dem Bericht hab ich nachgedacht«, sagte der Mann am Telefon. »Ich war auf dem Heimweg, ich war auf der anderen Seite der Straße, aber ich hab zur Einfahrt rübergesehen.«

»Das war heute Nacht, Herr Finke«, sagte Endres.

»Ja.« Offenbar wartete der Mann auf weitere Fragen. Die Kommissare hörten ihn atmen und im Hintergrund Stimmen aus dem Fernseher.

»Beschreiben Sie, was Sie gesehen haben.«

»Nicht so viel. Es war dunkel in der Einfahrt. Ein Paar war da, ein Mann und eine Frau, und sie haben gestritten.«

»Sind Sie sicher, dass es ein Mann und eine Frau waren und nicht zwei Männer oder zwei Frauen?«

Der Mann räusperte sich. »Glaub schon. Und die Frau ist gestolpert.«

»Sie ist hingefallen?«, sagte Endres.

»Glaub schon. Der Mann ist vor ihr gestanden. Sie hat auch kurz geschrien.«

»Die Frau hat geschrien«, sagte Endres. »Und was haben Sie dann getan?«

»Weitergegangen.« Die Stimmen im Hintergrund verstummten, vermutlich hatte er den Fernseher ausgeschaltet. »Ich hab gedacht, das ist ein Beziehungsstreit, da misch ich mich nicht ein, zu riskant.«

»Wissen Sie, wie spät es war, Herr Finke?«

»Mitternacht, etwa. Genau kann ich das nicht sagen.«

»Wir müssen Ihre Aussage protokollieren«, sagte Endres. »Sie müssen herkommen.«

»Ich muss zur Arbeit, in einer Stunde.«

»Wo arbeiten Sie?«

»Im Augustiner in der Neuhauser Straße.«

»Das ist praktisch«, sagte Endres. »Da haben Sie keinen weiten Weg vom Präsidium zum Gasthaus. Danke, dass Sie sich sofort gemeldet haben.« Er legte den Hörer auf.

Nach einem Schweigen sagte Jonas Vogel: »Interessant.«

»Eine erste konkrete Spur zu dem Unbekannten, den wir seit einem Jahr suchen«, sagte Endres.

»Hoffentlich«, sagte Max.

Roderich brummte und stieß mit der Schnauze gegen das Hosenbein seines Herrchens.

3

Dienstag, 13. Januar, 12.30 Uhr

Die aktenkundige Vernehmung von Hannes Pier über-
nahm Yvonne Papst. Max erklärte dem fünfzehnjährigen
Benny noch einmal die Situation, in die er sich durch
seine kruden Aussagen hineinmanövriert hatte und aus
der er nur aus eigenem Antrieb wieder herauskäme, an-
dernfalls würde er als Verdächtiger behandelt und hätte
mit einer vorläufigen Festnahme zu rechnen.

Ludger Endres zog sich mit Jonas Vogel in sein Büro
zurück, zum einen, um sich auf die in eineinhalb Stunden
stattfindende und vermutlich überfüllte Pressekonferenz
vorzubereiten, zum anderen, um ein paar Minuten ungestört mit Vogel über sein Problem im Umgang mit
den hinterbliebenen Kindern zu sprechen. Außerdem
war er an Vogels kriminalistischer und psychologischer
Einschätzung der nunmehr drei Fälle von nächtlichen
Gewaltattacken interessiert, deren nahezu identisches
Muster auf den neununddreißigjährigen Hauptkommissar wie eine Verspottung seiner Fahndungsmethoden
wirkte.

Arthur Geiger und fünf seiner Kollegen werteten die
Zeugenaussagen der vergangenen Nacht aus und tipp-
ten sie in den Computer. Vier Ermittler sammelten aus-
schließlich Informationen im beruflichen Umfeld aller

Beteiligten, zwei nahmen die Telefonanrufe vermeintlicher oder möglicher Zeugen entgegen, zwei weitere glichen die am Tatort gesicherten Spuren mit den im INPOL-System gespeicherten Daten ab. Zwei Ermittler setzten die Befragungen rund um die Luisenstraße fort.

Auf ausdrücklichen Wunsch von Vater und Sohn sollte die dreiundsiebzigjährige Roswitha Piers aus Oldenburg nach München kommen, um sich um ihren Sohn und die beiden Enkel zu kümmern. Wie Benjamin Piers der Psychologin Tanner erklärt hatte, wohne seine zweite Großmutter, Nike, zwar in der Stadt, aber »die Familie« habe wenig Kontakt miteinander. Seine Mutter, sagte Benny, habe ihre Mutter »höchstens alle sechs Wochen mal auf einen Kaffee getroffen und ich nie«. Mit Nike Schmitt würde Max Vogel später an diesem Dienstag ausführlich sprechen.

»Das bringt alles nichts«, sagte Hannes Piers über seine Schwiegermutter. »Sie war nie da, wenn wir sie gebraucht hätten, schon früher nicht. Ich müsst langsam wieder los, die Kunden warten nicht auf mich.«

»Sie haben Ihre Frau seit einem Monat nicht mehr gesehen«, sagte Yvonne Papst. »Warum nicht?«

Er verzog abfällig den Mund, schaute auf seine Uhr und schüttelte den Kopf. Piers war einundvierzig, schlank, von abweisender Art. Er konnte niemandem lange in die Augen sehen, und wenn er etwas sagte, klang seine Stimme angestrengt und sein Tonfall abwertend, egal, worum es ging. Gegenüber der Kommissarin bemühte er sich um eine klare Aussprache, was ihm nicht recht gelang. »Wir sind nicht mehr zusammen. Muss ich das noch öfter wiederholen? Ist das ein moralisches Problem für Sie?«

»Ihren Sohn sehen Sie regelmäßig.«

»Ja.«

Jedes Mal, wenn Piers sie für einen Moment direkt ansah, zwang sie sich, keine Regung zu zeigen, seinen Blick
mit professioneller Distanz zu erwidern. Im Dezernat
galt sie – und diese Bewertung traf auf eine Reihe ihrer
Kollegen zu – als ausgezeichnete Ermittlerin, und als
Beschatterin hatte sie sich den Ruf einer »Unsichtbaren«
erworben. Doch wie bei so manch einem Kollegen oder
einer Kollegin in der Abteilung lagen ihre Stärken ein-
deutig im außerhäuslichen Dienst und nicht unbedingt
in Vis-à-vis-Situationen. Ein guter Fahnder musste nicht
zwangsläufig ein guter Vernehmer sein, bei einigen, wie
bei der achtundzwanzigjährigen Yvonne Papst, lagen die
Ursachen dafür vor allem im Wesen ihres Charakters
verborgen und rührten nicht von einem Mangel an Ausbildung oder Engagement her. Rabiate, überhebliche
oder einfach nur unerschrockene Zeugen schafften es
gelegentlich, Yvonnes Selbstbewusstsein innerhalb kurzer Zeit dermaßen zu erschüttern, dass sie die Befragung
unterbrechen und eine Pause einlegen musste, in der sie
sich auf der Toilette selbst ohrfeigte, um wieder zur Vernunft zu kommen. Seit ihren Anfängen bei der Mordkommission plante sie, diesen »Schrägstrich in meiner
Persönlichkeit«, wie sie sich ausdrückte, zu beseitigen
»oder wenigstens zu klären, wo er herkommt«. Bisher
fehlte ihr die Zeit dazu.

»Ich muss los«, sagte Piers. »Zahlen Sie mir meinen
Verdienstausfall? Schon mal in der freien Marktwirt-
schaft tätig gewesen, Frau ...?«

»Erzählt Ihr Sohn Ihnen nichts von seiner Mutter?«

»Nein.«

»Und Sie fragen ihn auch nicht.«

»Nein.«

»Hat Ihre Frau einen Freund?«

»Was für einen Freund?«

Yvonne verfolgte die Richtung seines windigen Blicks, und Piers war gezwungen, sie anzusehen. »Einen Lebenspartner.«

»Weiß ich nicht.«

»Gut«, sagte Yvonne. »Ihr Sohn wird es wissen.«

»Mein Sohn ...«

Yvonne stand auf. »Für den Moment beende ich Ihre Vernehmung. Wir müssen erst sicher sein, dass das stimmt, was Sie uns über Ihren Aufenthalt heute Nacht erzählt haben ...«

»Passen Sie auf ...«

Yvonne redete weiter, während sie zur Tür ging. »Ihre Freundin wurde noch nicht befragt, und meine Kollegen sind gerade bei Ihrem Taxiunternehmen, wir tragen ein paar Dinge zusammen, die wichtig sind, dann reden wir weiter. Auf Wiedersehen, Herr Piers.«

Er blieb so nah vor ihr stehen, dass sie seinen Atem riechen konnte. »Ich bin nicht schuld am Tod meiner Frau, ich nicht.« Er zuckte mit der Schulter, und Yvonne hätte sich nicht gewundert, wenn er sie beim Vorbeigehen angerempelt hätte.

Max Vogel und Benny, der einige Meter hinter dem Kommissar über den Flur schlurfte, kamen Piers entgegen. »Habt ihr über Frank Steidl gesprochen?«, fragte Max.

»Wer ist das?«, sagte Yvonne.

»Ein Freund von Sonja Piers«, sagte Max. »Sie hatten ein Verhältnis.«

Piers wollte etwas sagen, aber Yvonne kam ihm zuvor. »Wie ich Ihnen grade erklärt hab: Wir tragen ein paar Informationen zusammen, werten sie aus und wissen dann, was sie zu bedeuten haben. Dann sprechen wir uns wieder, Herr Piers. Sie und Ihr Sohn können jetzt gehen.«

Dienstag, 12.40 Uhr

Dem jungen Mann, der in der Reihe vor ihr saß und allen Ernstes dreitausend Euro für einen Perserteppich bot, der mindestens zwanzigtausend wert war, hätte sie beinah eine Kopfnuss verpasst. Sie hatte die Faust schon geballt, ihr Arm zuckte, und wenn er noch einen Ton sagte, würde sie zuschlagen.

Der Auktionator nahm das Gebot auf, stellte es dann aber zurück, weil er den Preis für unangemessen hielt. Der Bieter grinste, das konnte Esther Vogel genau sehen, und diese Grimasse gab ihr den Rest.

Obwohl ihr Nachbar Jakob Kranich mehrere Tage an sie hingeredet und sie schließlich dazu gebracht hatte, wieder einmal an einer von ihm geleiteten Auktion teilzunehmen, hatte sie nach einer Stunde genug. Kranich meinte es gut, er wollte, dass sie nicht allein zu Hause rumsaß, sondern unter Leute ging und Freude habe. Das war keine Freude, respektlosen Leuten zuzusehen und zuzuhören. Schon früher, bei anderen Auktionen, zu denen Kranich sie mitgenommen hatte, überkam sie immer wieder eine Art körperliche Abneigung gegen Besucher, deren einziges Vergnügen offensichtlich darin bestand, Gegenstände von Menschen, die gezwungen waren, diese abzugeben, durch das Bieten beschämender Geldbeträge zu entwürdigen. Für Esther Vogel bestanden die meisten Auktionen aus Entwürdigungen. Sie schämte sich für die ehemaligen Besitzer, bei manchen hoffte sie, sie wären tot und würden nie von den beleidigenden Angeboten erfahren. Als sie Kranich einmal von ihren Empfindungen erzählte, schaute er sie nur verwundert an und meinte, es handele sich um einen geschäftlichen Vorgang, der von allen Beteiligten so gewollt sei, den durchaus oft tragischen persönlichen Hintergründen zum Trotz.

An diese Worte musste Esther Vogel denken, als sie kurz vor zwölf den Auktionssaal verließ, ohne Kranich noch einmal, wie sonst, zuzuwinken. Die Handtasche an sich gedrückt, überquerte sie die Straße, drehte mehrmals den Kopf nach links und rechts und blieb am Rand des Viktualienmarktes stehen. Sie hatte keine Ahnung, wohin sie wollte.

Nirgendwohin, dachte sie sofort, aber das stimmte nicht. Im Gegenteil: eigentlich wollte sie überallhin, nur nicht zurück in die Herrenchiemseestraße, in das Haus mit den orangefarbenen Fensterläden und dem blauen Briefkasten und dem Wintergarten mit der Holzverkleidung, wo sie oft mit ihrem Mann gesessen und Kaffee getrunken hatte. Von irgendwoher zog der Duft nach frischem Kaffee in ihre Nase, sie schnupperte und vergaß den Duft dann wieder. Nie wieder wollte sie im Wintergarten sitzen, Auge in Auge mit einem Mann, den sie nicht kannte, mit diesem Fremden, mit dem sie seit dreißig Jahren verheiratet war.

»Fremder Mann«, sagte sie und umklammerte die kleine braune Ledertasche mit beiden Händen. Um sie herum fand ein unaufhörliches Gehen, Schlendern, Schauen und Sprechen statt. Touristen und Einheimische wuselten an ihr vorbei, bestaunten die üppig beladenen Stände mit den exotischen Früchten und Spezialitäten aus der ganzen Welt. »So ist das hier«, sagte Esther Vogel. »Die ganze Welt ist da, bloß ich nicht.«

Falsch. Sie war ja da, immer schon und immer. Sie war im Krankenhaus gewesen und nicht weggelaufen, sie war dageblieben und nie weggelaufen. Wenn sie zaubern könnte, würde sie sich unsichtbar machen, das war schon als Kind eine ihrer stärksten Vorstellungen gewesen, vielleicht nicht als Kind, aber als Jugendliche. Nachdem ihr Traum für alle Zeit zerbrochen war. Falsch. Zerbrochen war er schon längst, sie hatte es bloß nicht bemerkt, sie hatte einfach weitergeträumt, mit offenen Augen und am helllichten Tag, jeden Tag, jedes Jahr. Aber ihre Eltern hatten das Geld für den Ballettunterricht nicht und sie nicht den Widerstand gegen die Schokoladenkekse der Frau Wimmer und die Leberkässemmeln vom Metzger Prielmeyer. Unsichtbar wollte sie werden, stattdessen wurde sie immer sichtbarer, und bestimmt waren ihre Eltern froh, dass der Ehrgeiz ihrer Tochter nicht reichte, so waren sie nicht alleine am Verschimmeln von Esthers Traum schuld. Schuld ist niemand, dachte Esther damals, und sie dachte es immer noch, schuld bist du selber.

Dann hatte sie eine Idee.

Sie könnte über den Marienplatz schlendern, als wäre sie eine unauffällige, zufällige Frau, eine angestellte Bürgerin, die ihre Mittagspause im Freien verbringt, in der angenehm kühlen Januarluft, unter Leuten, die es nicht eilig haben. Am Jagdmuseum würde sie rechts abbiegen und am Eingang zur Löwengrube nach ihrem Mann fragen. Aus alter Gewohnheit. Schließlich hatten sie beide ihre Gewohnheiten, zum Beispiel setzten sie sich in den Wintergarten und tranken einen Kaffee und unterhielten sich oder lasen die Zeitung. Daran hatte sich wenig geändert, abgesehen davon, dass sie neuerdings zu dritt waren. Zwischen ihnen lag Roderich, mit seinem Hinterteil auf ihren Füßen und seiner Schnauze auf denen ihres Mannes. Wenn es nach Jonas gegangen wäre, säßen sie weiterhin zu zweit im Wintergarten. Er wollte keinen Hund, nicht einmal den Bobtail der Gräfin, der schon zu Lebzeiten der alten Dame in ihren Garten kam und über die Wiese tollte. Für Esther war der Tod der Gräfin wie ein Zeichen, der Hund hatte keinen Besitzer mehr, und wenn niemand ihn aufnahm, würde er seine letzten Tage im Tierheim verbringen. Oder er wäre im Fernsehen angeboten oder versteigert worden. Ob es Tierversteigerungen gibt?, dachte Esther Vogel und sah einen dürren, weißen Windhund, der neben einem Mann im Lodenmantel über den Platz stakste.

Sie hatte ihm den Hund aufgedrängt, und der Hund war glücklich. Jetzt hatte er einen ständigen Begleiter, er war ja auch ständig unterwegs.

Esther Vogel hielt sich die rechte Hand vor den Mund. Beinah hätte sie dem Mann, der zwei Meter von ihr entfernt eine Bratwurstsemmel aß, etwas zugerufen. Dass nämlich Senf auf sein Revers getropft war und gleich wieder tropfen würde, wenn er ihn nicht sofort von der Semmel schleckte. Der Mann ging sie nichts an, der aß sowieso viel zu gierig, und es geschah ihm recht, wenn er sich besabberte.

Von gegenüber hörte sie Kranichs Stimme über Lautsprecher, er pries Geschirr und Gläser an. Vielleicht hätte sie doch bleiben sollen, er hatte es gut gemeint, als er auf sie einredete, Senta, seine Frau, hatte ursprünglich vor, sie zu begleiten, doch heute Morgen musste sie wegen Zahnschmerzen absagen. Esther wollte mehr den beiden als sich selbst eine Freude machen, indem sie zu der Auktion ging, und Jonas ermutigte sie tatsächlich, etwas zu ersteigern. Esther war überzeugt, er hatte das nur gesagt, um überhaupt etwas beim Frühstück zu sagen. In Gedanken war er nirgendwo sonst als bei dem Anruf von Ludger Endres und dem neuen Mordfall, der angeblich mit zwei anderen Mordfällen zusammenhing, in deren Aufklärung Jonas mit einbezogen worden war.

Natürlich, dachte Esther und machte einen Schritt und blieb stehen. Natürlich wird der Hauptkommissar in die Aufklärungsarbeit mit einbezogen, auf das Wissen eines so erfahrenen Kriminalbeamten konnte man unmöglich verzichten.

»Das ist klar«, sagte Esther zu einem Mann, der zwei Plastiktüten in den Händen hielt und anscheinend auf jemanden wartete. Er lächelte, als Esther ihn ansprach.

»Ja?«, sagte er. »Was meinen Sie?«

»Dass man auf Erfahrung nicht verzichten darf. Die Erfahrung bleibt ja, auch wenn man ein Bein verliert, oder einen Arm. Oder wenn man blind wird.«

»Sehr richtig«, sagte der Mann.

»Mein Mann ist blind.«

»Das tut mir sehr leid.«

»Er ist blind, aber er ist immer noch Polizist und im Dienst. Er sucht Mörder. Er hat Erfolg. Zurzeit hat er keinen so großen Erfolg, aber sie geben sich Mühe, er und seine Kollegen. Entschuldigung, dass ich Sie angesprochen hab, das ist mir peinlich.«

»Ich wünsche Ihrem Mann alles Gute und viel Glück«, sagte der Mann und sah an Esther vorbei zu einem Käseladen.

»Ich auch«, sagte Esther. »Ich wünsch ihm auch Glück, das ist ja klar.«

Sie nickte, stieß einen Seufzer aus und schaute sich um, als suche sie etwas oder halte nach jemandem Ausschau. Eine Weile drehte sie den Kopf, unschlüssig, hastig, mit einem Ausdruck tiefer Irritation. Als eine Frau, die einen schimmernden Pelzmantel trug, auf den Mann mit den Plastiktüten zukam, ging Esther mit einer ruckartigen Bewegung los, in Richtung des Biergartens und der Fischgeschäfte. Ein Ziel hatte sie immer noch nicht, aber sie wusste, dass sie hier nicht bleiben durfte. Zu viele Menschen, zu viele Blicke.

Aus Angst, ertappt zu werden, ging sie schneller, und je schneller sie ging, desto stärker empfand sie die Angst. Sie hielt den Kopf gesenkt und presste die Handtasche gegen ihren Bauch. Auf keinen Fall wollte sie dabei ertappt werden, wie sie sich am helllichten Tag auf dem Viktualienmarkt herumtrieb. Sie musste irgendwohin, wo es dunkel war.

Wie eine Erleuchtung kam diese Vorstellung über sie und trieb sie weiter, aus der Menge der Leute und über den Platz hinaus. Irgendwohin, wo es dunkel war, stockdunkel und still, und nie mehr zurück in die Herrenchiemseestraße, ins Haus mit den orangefarbenen Fensterläden, in den sinnlosen Wintergarten.

Dienstag, 13 Uhr

Eine gelbe Kordel aus Strohseide, sechs Millimeter dick, bis auf die Farbe identisch mit den Kordeln, die bei den Morden an Sebastian Loholz und Jasmin Reisig benutzt wurden, erhältlich in den meisten Kaufhäusern und Papeteriegeschäften. Loholz wurde mit einer blauen, Frau Reisig mit einer grünen Kordel erdrosselt. An den Griffenden der Schnüre sicherte Dr. Horn Spuren von Leder, der Täter hatte Handschuhe getragen, offensichtlich in allen drei Fällen dieselben.

An den Stellwänden im Büro des Kommissariatsleiters hingen Fotos der Opfer, Vergrößerungen der Kordeln, Zeitpläne, Tatortskizzen, Listen mit Namen von Angehörigen und Bekannten, Auszüge aus Stadtplänen.

Endres, Max und Jonas Vogel und Yvonne Papst saßen an dem großen viereckigen, von Akten übersäten Tisch beim Fenster. Nachdem sie sich gesetzt hatten, schwiegen sie erst einmal eine Minute, bevor Endres mit seinen Ausführungen begann. Die Teilnahme von Jonas Vogel hatte Endres mit dem Polizeipräsidenten vorerst nicht abgesprochen, was Max einerseits mutig fand, andererseits für eine Form von Selbstüberschätzung hielt.

»Bevor ich in die Arena muss, möchte ich euch um klare Worte bitten«, sagte Endres. »Wir sind in der Defensive, die Journalisten werden mich nicht schonen. Was kann ich ihnen vorsetzen?«

»Nichts Neues«, sagte Jonas Vogel. »Außer einen neuen Mord nach einem alten Muster.«

»Du bist nicht hier, um mich zu demoralisieren«, sagte Endres.

»Wir demoralisieren uns gegenseitig.«

»Bitte?«

»In der Familie Piers lügt jeder«, sagte Max. »Wir haben keinen Grund, einen der Angehörigen vorschnell zu entlasten, trotz der Spur mit der Kordel, trotz der Art des Mordes.«

»Wenn jemand aus der Familie der Täter ist, dann war es kein Mord, sondern allenfalls Totschlag«, sagte Vogel.

»Oder es sollte anders aussehen«, sagte Yvonne. »Piers kann die Berichte über die zwei anderen Verbrechen in der Zeitung gelesen haben, die Kordeln wurden erwähnt. Er lauert seiner Frau auf und bringt sie um.«

»Das wäre möglich«, sagte Endres. »Aber ist es wahrscheinlich?«

»Nein«, sagte Vogel.

»Wieso legst du dich da fest?« Wenn sie an die Vernehmung von Hannes Piers dachte, geriet Yvonne in eine aggressive Stimmung, von der sie sofort vermutete, dass sie mehr gegen sich selbst gerichtet war als gegen ihn. »Das ist ein kalter, unberechenbarer Mann. Und sein Alibi ist auch noch nicht überprüft.«

»Die Kordel wird in der Pressekonferenz nicht erwähnt«, sagte Vogel. Das blasse Blau seiner Augen irritierte Endres, der sich angeschaut vorkam. »Das ist jedenfalls meine Meinung. Wir haben offiziell noch keinen Serientäter.«

»Auch inoffiziell haben wir noch keinen«, sagte Yvonne, weil sie etwas sagen musste, um nicht ständig an Piers zu denken.

»Leider ist uns die Presseabteilung zuvorgekommen«, sagte Endres. »Ich habe erwähnt, dass es Ähnlichkeiten gibt, und sie haben es verbreitet. Meine Schuld.«

Niemand in der Runde widersprach. »Damit sind wir schon wieder in der Defensive«, sagte Vogel. »Also musst du erklären, dass es Hinweise auf den Täter gibt, dass du einen Zeugen hast, der noch heute ausführlich vernommen wird und dass sich daraus wahrscheinlich konkrete Spuren ergeben werden.«

»Glaubst du, der Zeuge hat wirklich etwas gesehen?«, sagte Endres.

Vogel ließ den Arm sinken, kraulte Roderich den Kopf, und es klang, als würde der Hund wohlig seufzen. »Das glaube ich. Du machst eine Tatort-Begehung mit ihm, lässt ihn die Luisenstraße entlanglaufen, so wie er es heute Nacht getan hat. Ich werde in der Einfahrt sein, und Yvonne ist das Opfer.«

»Was?«, sagte sie verdutzt.

»Du brauchst dich vor mir nicht zu fürchten.«

Aus einem Grund, den sie nicht begriff, brachte sie kein Wort heraus.

»Ich werd den Täter darstellen, nicht du«, sagte Max, ohne seinen Vater anzusehen.

»Darüber reden wir noch.« Endres hielt beide Hände flach in die Höhe, betrachtete die engbeschriebenen Blätter auf dem Tisch, bemühte sich, nicht verzagt zu klingen. »Nicht einmal die Wochentage stimmen überein. Mittwoch: Loholz, Samstag: Reisig, Dienstag: Piers. Zwei Frauen, ein Mann, keine Verbindung zwischen den dreien, unterschiedliche Berufe, unterschiedliche Herkunft, keine Auffälligkeiten, keinerlei Überschneidungen. Parallelen: sie haben Kinder, aber bei den Kindern fanden wir auch keine Gemeinsamkeiten, sie gehen nicht in dieselbe Schule, sie kennen sich nicht, die Personenkreise berühren sich nicht im mindesten. Warum die Kordel? Kein Versuch, die Tat zu vertuschen. Das haben wir alles hundertmal besprochen. Vielleicht wird der Zeuge für uns wichtiger als wir denken. Bisher hatten wir niemanden, der auch nur annähernd irgendetwas bemerkt hätte.« Als würden ihm seine erhobenen Arme erst jetzt bewusst, ließ er sie hastig fallen und verschränkte die Hände hinter dem Rücken. »Und wir haben diesmal eine Familie, die versucht, uns auszutricksen, das ist auch eine Spur, eine breite Spur.«

»Genau«, sagte Max. Dann bemerkte er seinen Vater, der den Kopf gesenkt hatte und in sich versunken vornüber gebeugt dasaß. »Woran denkst du?«

Nach einem Moment sagte Vogel: »An nichts, Maxl.«

»An nichts denkt niemand.«

Vogel hob den Kopf. Wieder starrte Endres sekundenlang in die offenen, blinden Augen seines ehemaligen Vorgesetzten. »Die Phase der Entblößung beginnt.« Er wandte sich an Endres. »Klärst du meinen Auftritt heut Nacht mit Dr. Schumacher ab?«

»Ich stell die Tat nach, Papa«, sagte Max.

Das kurze Schweigen, das folgte, empfand Max als eine Beleidigung. Er stand auf und ging wortlos hinaus.

»Wieso willst du da unbedingt hin?«, sagte Endres.

»Ich will was Bestimmtes sehen.« Vogel stützte sich auf seinen Alustab. »Und los!«

Bei diesem Stichwort wuchtete Roderich sich in die Höhe, schüttelte seinen massigen Körper und stieß mit der Schnauze gegen das Hosenbein seines Herrchens.

»Bin gespannt, ob meine Frau eine Vase ersteigert hat«, sagte Vogel.

4

Dienstag, 13. Januar, 14.40 Uhr

Am liebsten wäre er zur nächsten Tankstelle gefahren und hätte sich eine Dose Bier gekauft. Seit zwanzig Minuten suchte Max Vogel in Forstenried nach einer Straße, die er längst gefunden hatte. Auf dem Abschnitt der Würmseestraße, die von der Züricher Straße abzweigte, schien es die Hausnummer 56 nicht zu geben. Er fuhr die ganze Strecke bis zur Ambacher- und Kreuzhofstraße vor und wieder zurück, stellte den Peugeot ab und machte sich zu Fuß auf den Weg. Er blieb an jeder Gartentür, vor jeder Haustür stehen, fragte Passanten, von denen keiner sich auskannte. Nach zehn Minuten war er so wütend, dass er, wie ein Kind, gegen einen Müllcontainer trat, den die Bewohner nach der Leerung noch nicht wieder zum Haus geschoben hatten. Das Geräusch klang dumpf und hohl. War ja klar, dachte er und steckte das Handy ein, das er gerade aus der Jackentasche gezogen hatte, um die Zeugin anzurufen.

Für Max stand fest, dass Endres seinen Vater in die Bearbeitung der drei ungeklärten Fälle deswegen so offensiv mit einbezog, weil er ihm, Max, eine Mitschuld am bisherigen Verlauf der Ermittlungen gab.

Dabei hatte Endres kurz nach der Ermordung von Jasmin Reisig im Dezember und nachdem mit hoher Wahrscheinlichkeit feststand, dass derselbe Täter im Oktober den Bauingenieur Sebastian Loholz erdrosselt hatte, noch erklärt, niemand im Kommissariat trage die alleinige Verantwortung, sondern »immer die Mannschaft«.

Natürlich hatte Max die wichtigen Vernehmungen durchgeführt, vielversprechende Spuren aufgetan und vor allem im Fall von Jasmin Reisig einen Hauptverdächtigen vorübergehend in Untersuchungshaft gebracht. Doch dieser, Henrik Korn, ein Freund der Ermordeten, musste mangels stichhaltiger Beweise wieder freigelassen werden, was – wie immer in einem solchen Zusammenhang – in der Öffentlichkeit den Eindruck erweckte, die Ermittler hätten versagt und kostbare Zeit verschwendet.

In Wahrheit empfand Max Vogel das Engagement seines Vaters und das ungewöhnliche Entgegenkommen des Polizeipräsidenten als einen einzigen Segen. Trotz der quälenden Sorgen seiner Mutter. Gleichzeitig aber türmte er Ahnungen und Vermutungen, Unterstellungen und Komplexe in sich auf, von denen ihm selbst schwindlig wurde und über die er mit keinem Menschen sprechen konnte, am wenigsten mit seinem Vater, mit dem er sonst über alles redete.

Eher zufällig entdeckte er den asphaltierten Weg zwischen Sträuchern und Bäumen hindurch zu den zurückversetzten, einstöckigen Häusern, die noch zur Würmseestraße gehörten. Vor der Tür der Nummer 56 wischte er sich über die Augen. Dann stand er einige Sekunden mit gesenktem Kopf still auf der Schwelle und hielt mit beiden Händen seine lederne Umhängetasche fest.

»Bitte?«, sagte eine heisere Stimme aus der Sprechanlage, nachdem er geklingelt hatte.

»Frau Schmitt?«

»Ja.«

Er stellte sich vor, und der Summer ertönte.

Auf einem runden Tisch im Wohnzimmer brannte eine weiße Kerze, daneben lag ein Päckchen Papiertaschentücher. Max stellte das Aufnahmegerät an und wartete.

Bevor sie sich ihm gegenüber an den Wohnzimmertisch setzte, warf Nike Schmitt einen Blick zum gerahmten Foto ihrer Tochter auf dem niedrigen Bücherschrank. Ihre Augen waren gerötet, ihre Hände, die sie ständig aneinanderrieb, als würde sie sie eincremen, zitterten. Zwischendurch hörte sie abrupt damit auf und fing erst nach einer Weile wieder an.

Nike Schmitt war fünfundsechzig Jahre alt, hatte ein schmales, blasses Gesicht und rot gefärbte Haare. Sie trug einen schwarzen Hosenanzug und war barfuß. Die Zwei-Zimmer-Wohnung war mit einem grauen Teppich ausgelegt und bedeckt von kostbar wirkenden Perserteppichen und Brücken. Trotzdem wunderte sich Max, dass die Frau für seinen Besuch keine Schuhe angezogen hatte. Irritierend fand er auch den Duft ihres Parfüms, den er aus unerklärlichen Gründen eher bei einer jüngeren Frau vermutet hätte.

Ihr Angebot, etwas zu trinken, hatte er abgelehnt. Das bereute er inzwischen. Beim Anblick der Frau hatte er sofort an seine Mutter denken müssen, obwohl keine Ähnlichkeit zwischen den beiden bestand. Vielleicht war es wegen des Parfüms, vielleicht wegen der großen dunklen Augen, deren Wirkung auch die Tränen nicht milderten. Immer wieder sah Max hin. Dann musste er an seinen Vater denken und jener sinnlose Unmut stieg wieder in ihm auf, den er jetzt überhaupt nicht gebrauchen konnte.

»Was ist zwischen Ihnen und Ihrer Tochter vorgefallen, weshalb Sie sich schon länger nicht mehr getroffen haben?«, sagte er. Für einen Moment hielt er es für möglich, ihre Antwort schon überhört zu haben.

»Nichts Besonderes.« Nike Schmitt zupfte an ihren Fingern, hörte damit auf, versank in Schweigen und fing an, ihre Hände zu reiben.

»Der Kontakt zu Ihrer Tochter und Ihren Enkeln soll nie sehr gut gewesen sein«, sagte Max.

Sie hob den Kopf. »Wer sagt das?«

»Das ist das, was wir gehört haben.«

»Von wem denn?«

»Stimmt der Vorwurf?«

»Nein.« Sie hörte auf, die Hände zu reiben. »Ja. Hannes wollte das nicht.«

»Er wollte nicht, dass seine Kinder Kontakt zu ihrer Oma haben?«

»Er wollte es nicht.«

Max streckte den Rücken. Er fand den antiken Stuhl, auf dem er saß, unbequem, zu hart, zu schmal. Wenn er sich nicht täuschte, bestand die Wohnung hauptsächlich aus Antiquitäten. An jeder Wand, in jeder Nische standen kleine Schränke, Tische, Stühle aus glänzendem braunem Holz, auf den Regalen Vasen, Gläser, bemaltes Geschirr. Alles sah aus, als stamme es aus teuren Manufakturen oder den Hinterlassenschaften vermögender Sammler. Wieso die Wohnung statt eines den Möbeln angemessenen Parketts nur einen billigen Auslegeteppich hatte, verstand Max nicht.

»Was wollten die Kinder?«, sagte er.

»Benny ist das egal.«

»Und der kleinen Nina?«

»Die Nina kennt mich kaum«, sagte Nike Schmitt.

»Ihre Tochter konnte sich gegen Hannes Piers nicht durchsetzen.«

»Meine Tochter ...« Wieder drehte Nike Schmitt den Kopf zum Foto auf dem Bücherschrank. »Die Sonja war nicht gut ... sie tat sich schwer, wenn jemand ... sie widersprach nicht gern. Ich hab sie ermutigt, früher, als sie vierzehn, fünfzehn war, ich hab sie aufgefordert, ihre Meinung kundzutun. Gegenüber jedem, auch gegenüber mir. Schwierig. Woher das kam, weiß ich nicht. Von ihrem Vater? Ihm war auch immer alles egal.« Sie hielt inne. »Was ist? Was schauen Sie so?«

Max hatte ihre Augen angestarrt und es nicht bemerkt. »Ich hör Ihnen zu«, sagte er und versuchte, die falschen Gedanken, die ihn wieder überfallen hatten, zu verjagen. »Sonja war also eine Frau, der alles egal war.«

»Nein, ihre Kinder waren ihr natürlich nicht egal, ihre Kinder waren das Wichtigste für sie. Ihre Kinder ... Das ist eigenartig, ich hätte ... ich weiß nicht, ob ich das sagen darf, ich hätte eigentlich nicht gedacht, dass sie mal Kinder haben wird. Die Sonja. Sie schwimmt so ... sie ist eine Schwimmerin gewesen. Nicht stromlinienförmig, ich möchte nicht, dass Sie einen falschen Eindruck von meiner Tochter gewinnen, das wäre schlimm. Ich versuche, ihr Wesen zu beschreiben, ihre Art, durchs Leben zu gehen. Durchs Leben zu kommen. Wie sie gelebt hat. Sie war nicht so erfolglos, wie man meinen könnte, das brauchen Sie nicht zu denken, sie war Verkäuferin, aber das hatte viele Gründe. Ein Grund war: sie musste ihren Beruf als Zahnarzthelferin aufgeben, sie hatte Probleme mit ihren Händen.«

Wie erschrocken über die ständigen Bewegungen, faltete Nike Schmitt ihre Hände, legte sie auf den Tisch, dann in den Schoß und wieder auf den Tisch. Eine Zeitlang ließ sie sie ruhig liegen. »Jedes Mal, wenn sie eine Spritze in die Hand nahm, irgendein Instrument oder nur den

58

Wasserschlauch, fing sie an zu zittern, und zwar fürchterlich. Als wäre sie hypernervös. Sie behauptete immer, sie wäre nicht nervös, vielleicht stimmte das sogar. Aber eine andere Erklärung gab es nicht. Sie hat sich untersuchen lassen, sie war bei einer Psychologin, die behauptet hat, Sonja zeige Anzeichen einer Depersonalisation, sie würde sich von sich selbst entfremden. Das habe ich nie geglaubt. Ich nicht. Nein. Sonja hat es geglaubt, sie hielt es zumindest für möglich. Aber zu der Psychologin ist sie nicht wieder hingegangen, so weit reichte ihr Interesse an den Vorgängen in ihrer Seele dann doch nicht. Falls es welche gab. Weitergeschwommen. Ich möchte nicht, dass das negativ klingt, ich möchte, dass das Bild, das Sie sich von meiner Tochter machen, halbwegs mit dem übereinstimmt, das sie von sich selber hatte.«

»Wann hat sie als Arzthelferin aufgehört?«, sagte Max.

»Nach Ninas Geburt. Nina war zwei oder drei, da hat sie gekündigt.«

»Könnte sie überfordert gewesen sein?«

»Den Eindruck hat sie auf mich nie gemacht«, sagte Nike Schmitt und zupfte an ihren Fingern. »Sie hat sich nicht überfordern lassen, sie war … sie hatte Abstand zu den Dingen des Lebens. Das ist es, was ich mit schwimmen meine, sie trieb so dahin, sie ließ sich nicht hetzen, beneidenswert eigentlich. Lange weigerte sie sich, ein Handy zu haben. Manchmal war ich neidisch auf sie. Im Gegensatz zu mir kannte sie die Angst vor einem vergessenen Termin nicht. Wenn ich einen Termin vergesse, dreht mein Chef durch, da hängt viel Geld dran. Wir machen ja nicht nur Mietsachen, sondern auch Verkäufe von Wohnungen, Häusern, Villen in der Umgebung, das sind oft subtile Angelegenheiten, man muss die richtigen Worte finden, man darf nicht aufdringlich sein, trotzdem nicht nachgiebig oder lasch, sonst kommen Sie zu nichts. Solche Sachen. Die kannte Sonja nicht, sie war eigentlich immer schon ein sehr unaufgeregter, fast phlegmatischer Mensch. Auch als Kind, als Jugendliche. Sie konnte pünktlich sein, Termine einhalten, kein Problem, aber es bedeutete ihr nichts.

Sie war viel allein, ich musste arbeiten, mein Mann hatte uns verlassen, da war Sonja fünf. Das war wahrscheinlich das einzige Mal, dass mein Mann wirklich gehandelt hat, von sich aus, aus der Tiefe seiner Seele heraus, oder seines Verstandes, was weiß ich. Den Friseurladen hatte er von seinen Eltern geerbt, das heißt, eine Hälfte davon, die andere Hälfte erbte sein Bruder. Sie betrieben das Geschäft gemeinsam, und Georg, mein Mann, kümmerte sich um das Nötigste. Er passte schon auf, dass nichts schiefging und die Angestellten ihren Job beherrschten, aber er hat sich nicht totgeschuftet dabei. Er ging gern schwimmen, er las stundenlang in der Zeitung. Einmal in der Woche verabredete er sich mit seinem Bruder und einem Freund zum Skatspielen. Und jeden Samstagabend führte er mich zum Essen aus, mal in eine einfache Kneipe, mal in ein teures Restaurant. Dann verbrachten wir einen schönen Abend, wir betranken uns meistens, und ich kann im Nachhinein nicht behaupten, dass ich unzufrieden war. Glücklich war ich nicht, mir war langweilig, ich arbeitete in einer Steuerkanzlei als Chefsekretärin. Dann fing ich an, meine ersten Objekte zu makeln.

Das ergab sich über einen Kollegen meines Chefs. Nebenher kümmerte ich mich um Sonja, das klappte alles. Mein Mann und Sonja saßen oft nebeneinander auf der Couch, er mit der Zeitung, sie mit einem Bilderbuch, und niemand sagte was. Sie saßen einfach nur da. Können Sie sich das vorstellen? Vater und Tochter, wortlos. Jeder in seiner Welt. Die waren glücklich, glaube ich. Nein, ich bin überzeugt, die beiden hatten erfüllte Stunden da auf der Couch.

Und dann entschied er sich zu gehen. Ich habe es nie erfahren, aber ich halte es für möglich, dass er zuerst mit Sonja über seinen Entschluss gesprochen hat. Ich habe sie gefragt, sie streitet es bis heute ab. Ist auch nicht wichtig. Verwundert war ich schon. Hab mich entschlossen, dich zu verlassen, sagt er eines Freitagmorgens. Freitag, der dreizehnte, auch noch. Das Datum kann man nicht vergessen. Warum?, frag ich ihn, und er sagt: Ich kann das nicht mehr. Und ich: Was kannst du nicht mehr? Und er: Die Familie, ich bin kein Familienmensch. Ob er eine andere Frau kennengelernt hat, frag ich ihn, obwohl mich das extrem verwundert hätte. Nein, sagt er, ich will einfach allein sein. Und das war's. Wir ließen uns scheiden, und so weit ich weiß, lebt er immer noch allein. Wie ich. Seit zwanzig Jahren habe ich keinen Partner mehr gehabt. Keinen festen.«

Sie ließ die Hände ruhen, wandte den Blick ab, suchte nach Worten.

»Warum hat Piers Ihre Tochter verlassen?«, sagte Max.

»Das weiß ich nicht.«

Diese Antwort hielt Max sofort für eine Lüge. Er überlegte, ob Nike Schmitt tatsächlich glaubte, er wäre so simpel zu übertölpeln.

»Was vermuten Sie?«, sagte er.

Sie zögerte, viel zu lange, um Max' Verdacht nicht noch zu verstärken. »Sonja wollte nie drüber sprechen, also hab ich mich zurückgehalten.«

»Wann haben sich die beiden getrennt?«

»Vor zwei, drei Jahren.«

»Sie wissen es nicht mehr genau?«

61

»Nein«, sagte Nike Schmitt. »Fragen Sie ihn.«

»Seitdem lebte Ihre Tochter allein mit den zwei Kindern.«

»Die Nina ist im Kindergarten und Benny geht ins Luisengymnasium, er hat nachmittags Unterricht, die haben viel Stress dort.«

»Kennen Sie die Freundin von Hannes Piers?«

»Er hat eine Freundin?«

Ihr überraschter Gesichtsausdruck schien echt zu sein, dachte Max und fragte sich, warum er echt war. »Er behauptet, er war in der Mordnacht bei ihr.«

»Ist Hannes verdächtig?«

»Nicht mehr und nicht weniger als andere«, sagte Max. Seine Mimik entbehrte jeglicher Regung. Dieses Verhalten bei Vernehmungen hatte er seinem Vater abgeschaut, und seiner Meinung nach war er darin inzwischen mindestens so perfekt wie er. »Wann haben Sie Piers zum letzten Mal gesehen?«

»Daran kann ich mich nicht erinnern.«

»Das macht nichts.« Zeugen wie Verdächtige, das wusste Max, hörten diesen Satz am liebsten. »Wann haben Sie die Kinder zum letzten Mal gesehen?«

»Kurz vor Weihnachten.« Sie nickte und zupfte Fusseln von ihrem Hosenbein, von denen Max bezweifelte, dass sie da waren. »Auf dem Christkindlmarkt, das machen wir jedes Jahr, das ist unsere Tradition.«

»Und Ihre Tochter war auch dabei«, sagte Max.

»Nein.«

»Warum nicht?«

»Vermutlich nutzte sie die Zeit, um Geschenke für die Kinder zu kaufen.«

»Sie treffen Ihre Enkel immer allein auf dem Weihnachtsmarkt.«

»Ja.«

»Nach Weihnachten haben Sie weder Ihre Enkel noch Ihre Tochter gesehen.«

»Nein.«

»Aber Sie haben telefoniert.«

»Benny und Nina haben sich für die Geschenke bedankt.«

»Und Ihre Tochter?«

»Bitte?«

»Haben Sie Ihrer Tochter nichts geschenkt? Und sie Ihnen?«

»Wir schenken uns schon lange nichts mehr. Wer sind denn Ihre Verdächtigen?«

»Das kann ich Ihnen nicht sagen.« Max bewegte seinen Rücken, der Stuhl knarzte leise. »Kennen Sie Frank Steidl?«

»Nicht persönlich.«

»Wer hat Ihnen von ihm erzählt?«

»Wer schon? Meine Tochter.«

»Warum hat sie Ihnen von ihm erzählt?«

»Was fragen Sie denn so blöd? Das wissen Sie doch alles. Wenn Sie es nicht wissen würden, hätten Sie den Namen nicht erwähnt. Ich versuch, Ihnen zu helfen, ich möchte, dass Sie den Mann finden, der meine Tochter umgebracht hat.«

»Wir wissen noch nicht, ob es ein Mann war.« Diese Bemerkung hatte keine Bedeutung, Max wollte nur einen Kiesel in den See werfen, um zu sehen, wie rund die Ringe wurden.

»Sie glauben, eine Frau hat meine Tochter umgebracht?«

»Wäre möglich«, sagte Max, weil er schon dabei war.

Jetzt knetete sie ihre Finger, hörte aber gleich wieder

63

damit auf. »Entschuldigen Sie. Ich bin sehr durcheinander. Vorhin habe ich meinen Exmann angerufen, er wollte herkommen. Ist noch nicht aufgetaucht, ich weiß nicht, wo er so lange bleibt. Ich möcht jetzt nicht allein sein.«

»Ich bin ja da«, sagte Max ungerührt.

Nike Schmitt schaute ihn an, lange, aus dunklen, eindringlichen Augen.

»Seit wann hatte Ihre Tochter eine Beziehung mit Frank Steidl?«, sagte Max.

»Glauben Sie, ich schreib mir so was auf?«

»Seit wann?«

»Seit einiger Zeit.«

»Seit einigen Jahren.«

Nike Schmitt nickte. Ihr Atem ging schneller, sie zupfte wieder an ihren Fingern.

»Sie haben mir ein paar Dinge über Ihre Tochter erzählt«, sagte Max. »Dafür danke ich Ihnen. Und Sie haben mir ein paar Dinge nicht erzählt, das ist ärgerlich, weil Sie dadurch meine Arbeit behindern.«

»Ich behindere doch Ihre Arbeit nicht«, sagte sie laut und keuchte dabei. »Ich habe versucht, Ihnen das Wesen meiner Tochter zu erklären. Damit Sie sich ein genaues Bild machen können. Damit Sie begreifen, dass meine Tochter niemandem etwas getan hat, der sie deswegen ... Dass meine Tochter ein unauffälliges Leben geführt hat, dass sie an nichts Schuld hat. Sie hat keine Schuld, verstehen Sie das? Sie hat einen Sohn auf die Welt gebracht und ihn fürsorglich versorgt. Fürsorglich versorgt.«

Sie beugte sich vor, als wolle sie sicher sein, dass jedes ihrer Worte deutlich aufgezeichnet wurde. »Sie hat hart gearbeitet, weil ihr Mann wenig Zeit hatte. Er ist Taxifahrer, das wissen Sie ja, die Zeiten sind nicht rosig für diese Leute, das waren sie nie. Aber er ist gut, er hat

Stammkunden, die Leute mögen ihn, er ist ein versierter Autofahrer. Er hat nie einen Unfall gebaut, er kann was. Und er hat immer sein Geld in die Familie eingebracht, er hat nicht gesoffen wie andere, er hat sich schon gekümmert. Er musste einfach viel unterwegs sein. Das verstehen Sie. Meine Tochter war viel allein mit dem Jungen. Das hat ihm nicht geschadet. Er ist ein eigenwilliger Junge, er kleidet sich manchmal etwas seltsam, das gehört dazu. Zur Selbstentdeckung. Ich will, dass Sie begreifen, wie meine Tochter ihr Leben gemeistert hat. Später auch mit dem zweiten Kind. Und jetzt will ich Ihnen noch etwas sagen, und ich sage das, obwohl ich dafür meine Hand nicht ins Feuer legen würde, denn ich habe keinen Beweis. Ich sage es Ihnen trotzdem, weil es vielleicht für Ihre Arbeit, die ich nicht behindere, wie Sie behaupten, wichtig sein könnte. Die Nina, die kleine Nina ist möglicherweise nicht die Tochter von Hannes Piers. Sondern von diesem Steidl. Das ist eine Vermutung, die ich auch gegenüber meiner Tochter schon geäußert habe. Verstehen Sie? Begreifen Sie die Hintergründe?«

Ihr fiel nicht auf, wie heftig sie seit einiger Zeit ihre Hände knetete.

»Wie hat Ihre Tochter auf Ihre Vermutung reagiert?«, sagte Max.

»Reagiert hat sie gar nicht. Sie war still. Sie blieb stumm. Stumm. Das bedeutet, sie hat nicht widersprochen.«

»Nina ist fünf«, sagte Max. »Die Beziehung dauert also seit mindestens fünf Jahren an.«

»Ich weiß nicht, wie lange diese Beziehung schon dauert. Das weiß ich nicht. Ich will nur, dass Sie keinen falschen Eindruck von meiner Tochter kriegen. Meine Tochter hat ihr Leben so geführt, wie es ihr entsprach, und auch wenn sie oft ein wenig zu nachgiebig oder sogar gleichgültig gewesen sein mochte, so war ich die Letzte, die ihr deswegen Vorhaltungen gemacht hat. Ja?«

»Hatte Hannes Piers dieselbe Vermutung wie Sie?«

»Nein.«

»Haben Sie mit ihm darüber gesprochen?«

»Nein.«

»Warum nicht?«

»Warum denn?«

»Sie haben ein Verhältnis mit ihm.«

Sie schlug mit der flachen Hand auf den Tisch. »Sind Sie blöd? Meine Tochter ist ermordet worden, und Sie reden so mit mir? Ich will mit Ihrem Vorgesetzten sprechen, geben Sie mir die Nummer. Geben Sie mir die Nummer.«

»Einen Moment.« Max griff in seine Ledertasche, holte einen unlinierten Block und einen Kugelschreiber hervor, schrieb eine Telefonnummer und den Namen Endres auf das oberste Blatt, riss es ab und drehte es zu Nike Schmitt herum. »Das ist der Leiter der Mordkommission. Rufen Sie ihn an. Er wird Sie allerdings fragen, warum Sie mir von Ihrem Verhältnis mit Hannes Piers nicht schon früher erzählt haben. Das frage ich Sie jetzt: Warum haben Sie das verschwiegen?«

»Ich hab gar nichts verschwiegen.« Ihre Stimme zitterte wie ihre Hände. »Das ist eine Unverschämtheit und eine Gemeinheit. Ich werde Ihnen keine Fragen mehr beantworten. Ich will, dass Sie gehen. Mehr werden Sie von mir nicht erfahren.«

»Ich würde gern ein Glas Wasser trinken«, sagte Max. »Und ich fänd's gut, wenn Sie auch was trinken würden, vielleicht einen Schluck Wein. Und dann würd ich mich gern auf die Couch setzen, der Stuhl, auf dem ich sitze, ist bestimmt wertvoll, aber mein Rücken auch.«

Er schaltete den Recorder aus und stand auf. »Und dann möcht ich, dass Sie mir alles erzählen. Ich hör Ihnen bis zum Ende zu, genieren Sie sich nicht, für die Wahrheit muss man sich nicht genieren. Und dann werd ich Sie auch noch fragen, wo Sie heut Nacht waren. Und jetzt ruf ich meinen Chef an und sag ihm, dass ich später als geplant zurückkomme. Sind Sie bereit, Frau Schmitt?«

Sie hatte die Augen geschlossen, ihr ganzer Körper zitterte, und ihr Gesicht wirkte so wächsern wie die Kerze auf dem runden Tisch, deren Flamme unmerklich flackerte.

Dienstag, 16.10 Uhr

»Das weiß ich auch nicht«, sagte Jakob Kranich am Telefon. »Ich hab sie nicht weggehen sehen.«

»Danke«, sagte Jonas Vogel und legte den Hörer auf. Er hatte seinen Mantel noch nicht ausgezogen und stand im Flur seines Hauses, verwirrt. Roderich presste seinen massigen Körper gegen Vogels Bein. »Lauf in den Keller und schau nach, ob Katrin da ist. Und los!«

Gehorsam, wenn auch mürrisch, tappte der Hund zur Treppe und tänzelte mit ungelenken Bewegungen die Stufen hinunter. Im Keller hatte Vogels achtundzwanzigjährige Tochter eine Art Tonstudio eingerichtet. Sie war Sängerin, spielte Gitarre und Mundharmonika und schrieb ihre eigenen Songs. Seit mehr als einem Jahr arbeitete sie mit ihrer Freundin Silvi, die Leadgitarre spielte, und dem Pianisten Tom an ihrer ersten CD. Einen Vertrag mit einer Plattenfirma hatten sie noch nicht, aber sie waren zuversichtlich. Vermutlich hatte Katrin ihr nahezu unzerstörbares Selbstbewusstsein von ihrem Vater geerbt.

67

Hechelnd und keuchend kam Roderich die Treppe herauf. Vogel begriff, dass Katrin nicht zu Hause war. Er zog seinen Mantel aus und hängte ihn an die Garderobe. Eigentlich machte er sich wegen seiner Frau keine allzu großen Sorgen.

Aber er wusste, dass das ein Fehler war.

Dienstag, 16.20 Uhr

Zuerst wollte sie gar nichts sagen, dann fläzte sie sich auf die blau gestrichene Bank vor der Werkstatt, streckte die Beine von sich, rauchte und warf Yvonne Papst gelangweilte Blicke zu. Nach zehn Minuten stand die fünfunddreißigjährige Kraftfahrzeugmechanikerin Claudia Gerber auf und machte einen Schritt, der vermutlich einschüchternd wirken sollte, auf die Kommissarin zu.

»Und jetzt muss ich rein, sonst flieg ich nämlich raus.«

»Ihr Chef hat Verständnis für die Polizei«, sagte Yvonne. »Und er hat garantiert kein Verständnis für Mitarbeiter, die die Polizei anlügen.«

»Ich hab Sie nicht angelogen.«

»Schweigen ist auch lügen.«

»Echt?« Claudia Gerber wischte sich mit dem Ärmel ihres Blaumanns über die Wange. »Sind Sie fertig?«

»Ich muss mich wiederholen«, sagte Yvonne. »Ich führ hier eine Mordermittlung durch, und Sie werden von mir als Zeugin befragt, egal, wie weit Sie möglicherweise vom Tatort entfernt waren. Und als Zeugin haben Sie eine Aussagepflicht. Also sagen Sie endlich, von wann bis wann genau Ihr Freund heute Nacht bei Ihnen war.«

»In der Nacht.«

»Sie haben geschlafen, haben Sie vorhin erklärt.«

»Hab ich auch.«

»Ihr Freund hätte also die Wohnung verlassen können, ohne dass Sie es merken.«

»Unwahrscheinlich.«

»Aber nicht ausgeschlossen.« Yvonne lächelte, wie so oft, wenn sie während einer Befragung die Geduld verlor. »Ihre Aussagen, Frau Gerber, sind so verwaschen, dass sie nicht mehr zu erkennen sind. Sie haben nichts zu verlieren, Sie sagen mir, was passiert ist, und die Sache ist für Sie vorerst erledigt. Wenn ich ein Protokoll brauch, komm ich noch mal zu Ihnen. Wenn Sie bei dem bleiben, was Sie mir bis jetzt erzählt haben, kriegen Sie eine Vorladung, dann müssen Sie im Dezernat Ihre Aussage so lange wiederholen, bis sie stimmt. Das sollten Sie sich nicht antun, der Aufwand ist viel zu groß. Sie scheuchen nur meine Kollegen auf, die von Haus aus misstrauisch sind. Was muss ich wissen, Frau Gerber?«

Die Mechanikerin steckte die Hände in die Hosentaschen und schüttelte den Kopf. »Ich hab Sie nicht angelogen, ja? Der Hannes hat einen Anruf auf dem Handy gekriegt, ich glaub, sein Sohn war dran. Dann ist er weg und irgendwann wiedergekommen, keine Ahnung, wann genau. Ich hab geschlafen.«

»Wann hat er die Wohnung verlassen?«

»Gegen zwölf ungefähr.«

»Wie ungefähr?«

»Ungefähr.«

»Halbe Stunde vor Mitternacht, halbe Stunde nach Mitternacht?«, sagte Yvonne.

»Ungefähr um zwölf. Ich hab geschlafen, fast. Langt's jetzt?«

5

Dienstag, 13. Januar, 16.30 Uhr

Mehr als einen Tag hatte Ludger Endres mit seinen Ausführungen vor den Journalisten nicht gewonnen. Er hatte
ihnen verschwiegen, dass Sonja Piers mit einer Kordel
aus Strohseide erdrosselt worden war, und auf die Frage,
ob ein Zusammenhang mit den Verbrechen an Sebastian
Loholz und Jasmin Reisig bestehe, erwidert, darüber
könne er vor dem abschließenden Dossier aus der Ge-
richtsmedizin keine verlässliche Auskunft geben.

Endres war ein Meister in der Vermittlung täuschend
echt klingender Unwahrheiten. Er wusste, er durfte nicht
lügen, aber er wusste auch, dass Wahrheiten keinen Sinn
mehr hätten, wenn sie erst einmal in einer Zeitung oder
im Fernsehen auftauchten. Aus einer tatsächlich zutref-
fenden Information wurde dann entweder eine Sensation
oder etwas anderes Mediennützliches, das schneller zu
einer neuen Art von Wahrheit mutierte, als ein Kommissar seinen Bleistift spitzen konnte. Ein schriftliches Gut-
achten von Dr. Horn lag noch nicht vor, so viel stand
fest, und über eine erneute Mitarbeit des »Sehers« würde
Polizeipräsident Schumacher »gegebenenfalls« erst entscheiden.

Die Tatrekonstruktion blieb wie üblich unerwähnt,
Einzelheiten vom Ort des Verbrechens sparte Endres

aus, die Frage nach einer möglichen Beziehungstat beantwortete er ohne Zögern. Da die Frau in unmittelbarer Nähe ihrer Wohnung getötet worden sei, würden die Fahnder sämtliche Aspekte einer Beziehungstat vordringlich behandeln. Die Art, wie Endres diesen Satz sagte, vermittelte besonders den erfahreneren Journalisten den Eindruck, als wisse der Kommissar mehr als er zugeben wolle oder dürfe und als würden sich die Ermittlungen auf einen klar umrissenen Personenkreis konzentrieren.

Im Verkaufen von heißer Luft als stimmungsförderndes Helium machte Ludger Endres niemand etwas vor.

Auf die Bemerkung einer Journalistin, sie fände das rabiate Vorgehen von Polizisten gegen Reporter in der Luisenstraße unangebracht und überflüssig, erwiderte er, davon wisse er nichts. Was er vermutete, war, dass die Streifenbeamten vor Ort keine Aufnahmen vom Innenhof erlaubten, im Gegensatz zu einigen ihrer Kollegen, die gegen einen unscheinbaren Obolus schon mal die Blickrichtung wechselten oder vorübergehend erblindeten. Aus Wut über die plumpen Bestechungsversuche hatten die Polizisten in der Luisenstraße wahrscheinlich ihre Autorität demonstriert.

Mit dem Hinweis auf wichtige Vernehmungen verließ Endres nach einer halben Stunde die Pressekonferenz, woraufhin seine Kollegen aus den Kommissariaten Todesermittlung und Brandfahndung und aus der Vermisstenstelle ihre aktuellen Berichte präsentierten.

In seinem Büro trank Endres eine Tasse schwarzen Kaffee und saß drei Minuten still an seinem Schreibtisch, bevor er zum ungefähr fünften Mal anfing, die Akten aus den drei Kordel-Fällen Seite für Seite durchzusehen und miteinander zu vergleichen. Manche Stellen kannte er beinah auswendig. Er sah auf die Uhr in der Hoffnung, Max oder Arthur Geiger würde endlich anrufen und einen Durchbruch verkünden.

Als Max sich aus der Würmseestraße meldete und ihm mitteilte, was er von Nike Schmitt erfahren hatte, schickte Endres sofort einen Streifenwagen zum Harras. Dort leitete Frank Steidl die Filiale eines Supermarkts. Ursprünglich hatte er mit dessen Vernehmung bis nach der nächsten Teambesprechung warten wollen.

»Ich bin abgeholt worden wie ein Verbrecher«, sagte Steidl statt einer Begrüßung zu Endres. »Hat das sein müssen? Was soll ich meinen Leuten hernach sagen? Die haben mich angeschaut, als wär ich Al Capone.«

»Sie sollten ihnen sagen, dass Sie heute nicht mehr ins Geschäft zurückkommen.«

»Bittschön?«

»Nehmen Sie Platz, Herr Steidl.« Den Tisch im Vernehmungszimmer hatte Endres zuvor an die Wand geschoben. Er wollte dem Zeugen direkt gegenübersitzen, ohne dass dieser die Möglichkeit hatte, sich aufzustützen oder festzuklammern. »Worauf warten Sie?«

»Was mach ich hier?« Steidl breitete die Arme aus. Er trug eine braune Cordhose und ein weißes, zerknittertes Hemd, das an den Ärmeln schmutzig war. Er sah erschöpft aus, mit seinen Bartstoppeln, den zerzausten Haaren und in seinem fleckigen Mantel auch ein wenig ungepflegt. Auf Endres machte er einen angespannten, fahrigen Eindruck. »Das ist doch ein Witz, ich weiß ja, dass die Sonja tot ist, ihre Mutter hat mich angerufen. Und? Jetzt? Was?«

Von diesem Anruf hatte Nike Schmitt nichts erzählt, zumindest nicht bis zu dem Moment, als Max seinen Zwischenbericht durchgab.

»Bitte setzen Sie sich«, wiederholte Endres.

Steidl zeigte auf den Tisch, zog die Stirn in Falten und ließ sich dann mit einem Seufzer auf den Stuhl fallen. Es klang, als wäre er erleichtert, sich endlich einmal hinsetzen zu können. Eine Weile stöhnte er mit gesenktem Kopf vor sich hin. Er richtete sich auf und sah dem Kommissar ins Gesicht. »Brauch ich einen Anwalt?«

»Sie werden hier als Zeuge vernommen, wozu sollten Sie einen Anwalt brauchen?«

»Sie schauen so, als würd ich einen brauchen.«

»Wie gut kannten Sie Sonja Piers?«, sagte Endres. Beim Betreten des Zimmers hatte er Steidl darauf hingewiesen, dass ihr Gespräch aufgezeichnet wurde. Der Filialleiter hatte nur wortlos abgewunken.

»Ist das wichtig?«

»Weiß ich noch nicht.«

Erst nach einigen Sekunden begriff Steidl, dass sein Gegenüber immer noch auf eine Antwort wartete. »Ich hab sie gekannt. Wir haben uns mal getroffen. Ja.«

»Sie haben sich nur einmal getroffen oder mehrmals?«

Steidl kratzte sich am Kopf, strich über den Kragen seines Mantels und klopfte sich auf den Oberschenkel. »Mehrmals ist richtig.«

»Auch gestern?«

»Wie: gestern?«

»Gestern«, sagte Endres. »Gestern am Montag.«

Steidl schüttelte den Kopf. Die Worte, die er suchte, entglitten ihm, kaum, dass er sie gefunden hatte. »Ich bin jetzt … Ist schon klar, warum Sie das fragen, auf der einen Seite … Das ist doch privat. Zeuge … inwiefern Zeuge? Ich muss noch mal … Das mit den Polizisten in meinem Geschäft … Und eine Stunde später sitz ich hier bei Ihnen, Mordabteilung.«

73

Er räusperte sich, was wie ein Husten klang. »Gestern nicht. Gestern nicht, nein.«

»Sie haben Frau Piers gestern nicht getroffen?«

»Nein.«

»Vorgestern?«, sagte Endres. »Am Sonntag?«

»Muss ich überlegen.«

»Bitte.« Endres legte die Hände in den Schoß. Was der Mann ihm erzählte, bestand seiner Einschätzung nach aus einem Sammelsurium aus Lügen und Halbwahrheiten, die wohl von einer enormen Unsicherheit herrührten, mit denen Steidl sich allmählich in eine Situation hineinmanövrierte, aus der er aus freien Stücken bald nicht mehr herauskommen würde. Weiter so, dachte Endres.

»Sonntag? Nein«, sagte Steidl.

»Sind Sie auch mit Sonjas Ehemann befreundet?«

»Den kenn ich nicht.«

»Sie kennen Hannes Piers nicht?«, sagte Endres. »Sie haben ihn noch nie gesehen?«

»Gesehen vielleicht schon.« Er stockte, hob die Hände, kratzte sich an der Stirn. »Ja, sicher. Ist ja so: Frau Piers und ich, wir spielen Dart, immer schon. War Zufall damals, dass wir uns getroffen haben, in einer Kneipe in Schwabing, ich geh da normal nicht hin, war da mit Kumpels. Sie war auch da, ihr Mann auch, der kam später, glaub ich, ist schon ein paar Jahre her, er hat sie abgeholt, glaub ich, mit dem Taxi, er ist ja Taxifahrer. Wir haben uns also schon mal gesehen, klar.«

»Würden Sie sich bitte etwas konzentrieren, Herr Steidl.«

»Bittschön?«

»Konzentrieren Sie sich auf meine Fragen«, sagte Endres. »Denken Sie nach, bevor Sie mir antworten. Wann haben Sie Herrn Piers zum letzten Mal gesehen?«

»Zum letzten Mal? Schwierig. Länger her. Lang her.«

»Und Sonja Piers?«

»Sonja Piers. Vor einem Monat.«

»Warum?«

»Bitte?«

»Warum haben Sie sie vor einem Monat gesehen? Hatten Sie sich verabredet oder haben Sie sie zufällig getroffen, auf der Straße, in der Kneipe?«

»Nein, nicht zufällig. Wir haben uns getroffen. Uns unterhalten, was getrunken.«

»Wie lange hat dieses Treffen gedauert?«

»Wie lang? Nicht lang. Stunde. Zwei.«

»Wo haben Sie sich getroffen?«

»Wo? Beim … Draußen. Genau, auf dem Weihnachtsmarkt in Schwabing, genau. An der Münchner Freiheit, genau.«

»Wieso ausgerechnet dort?«

»Wieso? So halt. Sie geht da gern hin. Ist ein schöner Markt. Ich steh nicht so auf Weihnachtsmärkte.«

»Wissen Sie noch, an welchem Tag das war?«

»Nein. Donnerstag vielleicht. Freitag.«

»Sie haben extra frei genommen«, sagte Endres. »Damit Sie Sonja Piers auf dem Weihnachtsmarkt treffen konnten.«

»Ich hab doch nicht … Dann war's doch Sonntag wahrscheinlich. Hab ich jetzt verwechselt. Ich hab viel um die Ohren, ich merk mir doch die einzelnen Wochentage nicht.«

Endres lächelte, und es sah aus, als wäre er mit dem Verlauf des Gesprächs hochzufrieden. »Wer außer Ihnen beiden weiß von der Beziehung zwischen Ihnen und Sonja Piers?«

»Wer? Bitte? Beziehung. Ja, schon. Sicher. Also, Sie

75

wissen das, das hätten Sie gleich sagen können, das wär dann einfacher für mich gewesen. Das sind ja Sachen, die niemanden was angehen.«

»Wer weiß von Ihrer Beziehung?«

»Niemand natürlich. Glauben Sie, wir schreien das durch die Gegend? Die Sonja ist verheiratet, die hat einen Mann, Kinder. Das hat sich ergeben. Beim Dart. In der Kneipe. So was passiert. Kommt vor. Verständlich.«

»Was ist verständlich?«, sagte Endres.

»Bitte? Verständlich? Ja, dass wir das ... dass da Vorsicht geboten ist. Ich bin ja ungebunden, für mich war das kein Problem. Für mich nicht. Aber ... ich bin jetzt ... ich müsst schon noch mal in den Supermarkt zurück, wir kriegen noch Lieferungen, wir haben ein neues Sortiment, Schreibwaren, kleiner Umfang, aber wichtig. Das wär schon ... Wie lang brauchen wir noch?«

»Noch eine Weile«, sagte Endres. »Seit wie vielen Jahren sind Sie mit Frau Piers zusammen?«

Steidl starrte vor sich hin. Er hatte sich nach vorn gebeugt, die Schultern hochgezogen und die Hände auf die Oberschenkel gestützt. Offensichtlich dachte er unter großen Mühen nach. Endres war sich nicht sicher, ob er über die Strategie seiner weiteren Aussagen grübelte oder wieder zu den Problemen in seinem Supermarkt abschweifte. Dann zuckte Steidl mit der rechten Schulter und holte tief Luft.

»Passt schon. Die Sache ist so: Sonja und ich sind seit ein paar Jahren zusammen. Ganz. Eine Beziehung. Keine Affäre. Eine Beziehung. Wichtig. Sie hat den Benny und dann kam auch noch die Nina. Ihr Mann war nicht begeistert, der wollt kein zweites Kind. Auch verständlich. Er ist Angestellter in einem Taxiunternehmen, dem laufen die Euros nicht hinterher. Schwierig. Sie hat das Kind trotzdem gekriegt, sie schafft das. Sie wissen schon, wie ich das meine. Ich weiß ja, sie ist tot. Was jetzt mit den Kindern wird, weiß ich nicht. Können ja schlecht bei mir wohnen.« Sein schmaler Mund zuckte, ohne dass ein Lächeln daraus wurde.

»Nina ist fünf«, sagte Endres. »Ihre Beziehung dauerte also mehr als fünf Jahre an. Und Hannes Piers hat nichts gemerkt? Glauben Sie das?«

»Der hat nichts gemerkt. Dem war das gleich. Das glaub ich. Und das weiß ich.«

»Ich glaube das nicht.«

»Glauben Sie, das macht dem was aus, was Sie glauben? Den hat das nicht interessiert, der hat seine eigenen Geschichten gehabt. So ist das.«

»Er hatte auch eine Affäre«, sagte Endres.

Wieder kratzte Steidl sich am Kopf und hustete in sich hinein. Er warf dem Kommissar einen schiefen Blick zu und schaute auf seine Uhr, die nicht an seinem Handgelenk war. Anscheinend hatte er vergessen, sie mitzunehmen. »Gibt's doch nicht«, sagte er. Dann fuchtelte er mit der Hand durch die Luft und verzerrte das Gesicht. »So ist das halt im Leben.«

»Was ist so im Leben?«

»Die Sachen. Sie sind Polizist, Sie sind ein moralischer Mensch. Bin ich auch. Aber halt nicht immer. Außerdem: Ist das unmoralisch, sich zu verlieben? Wir haben uns verliebt. Klingt komisch, ist aber so. Ich wollt nicht, dass sie sich scheiden lässt, wollt ich nicht. Wollt nicht, dass sie Probleme kriegt. Schwierige Zeit für sie. Heimlichtuerei, Ausreden, die ganze Palette. Wenn wir uns zu dritt getroffen haben, war natürlich Spannung in der Luft. Von meiner Seite aus jedenfalls, von ihrer auch.«

Vielleicht würde Endres ihn später daran erinnern,

dass er vorhin behauptet hatte, er würde Hannes Piers kaum kennen. »Und Sonja wollte sich auch nicht scheiden lassen«, sagte der Kommissar.

»Wollt sie nicht. Das wollt sie dem Benny nicht antun. Der ist eh sehr eigen, der hängt an seiner Mutter, an seinem Vater auch. Der braucht das Nest. Hat Sonja immer gesagt. Der Benny braucht ein Nest, sonst geht er verloren. So schlimm wär's schon nicht geworden. Trotz allem hat er's aufs Gymnasium geschafft, das ist eine Leistung. Da ist seine kleine Schwester grad auf die Welt gekommen. Da war was los im Haus. Sonja hat das alles gemanagt, die hat immer aufgepasst, dass nichts fehlt. Und dann. Dann hat sie das halt rausgefunden. Dass ihr Mann da jemand hat. Ist vorbei jetzt. Sonja lebt nicht mehr.«

»Wen hatte Hannes Piers?«

»Wen?«

»Kennen Sie die Frau?«

»Ich kenn die Frau nicht.«

»Aber Sie wissen, wer es ist.«

»Geht mich nichts an.«

»Mich schon«, sagte Endres. »Ich muss die Zusammenhänge kennen, sonst kann ich nicht ermitteln. Wer ist die Frau?«

Nachdem er mehrmals seinen Mantel abgeklopft und knurrende Laute ausgestoßen hatte, sagte er: »Nike Schmitt.« Er nickte und verzog den Mund.

»Woher kennen Sie den Namen der Frau?«

»Woher? Hab ich doch gesagt: von Sonja.«

»Und woher wusste sie den Namen?«

Steidl wedelte mit der Hand. »Hat ihn gehört. Gelesen. SMS. Zufällig. So war das.«

»Nike Schmitt«, sagte Endres. »Was wissen Sie noch über diese Frau?«

»Noch? Was ich über die weiß? Ich weiß, dass die alt ist. Sie ist die Mutter von der Sonja, wissen Sie das nicht? Der hat ein Verhältnis mit seiner Schwiegermutter angefangen. Als gäb's sonst nicht genügend Frauen, jüngere auch. Geht mich nichts an. Klar, dass Sonja fertig war. Die hat kein Wort mehr mit ihrer Mutter geredet. Hätt' ich auch nicht. So lief das. Sie hat ihn dann rausgeschmissen, mehr oder weniger. Sie ist ja nicht so … Große Entscheidungen zu treffen, war nicht so … Sie war eher ein zurückhaltender Mensch. Vorsichtig. Schüchtern fast. Sie hat nur gesagt, es wär besser, wenn er auszieht. Benny hat sie nichts davon gesagt. Die haben so getan, als wär das Ganze eine Ehekrise und sie bräuchten mal Abstand.«

Er rieb sich über die Hosenbeine und stieß Luft aus dem geschlossenen Mund. »Ja. Sie war bei mir. Gestern. Ja. Wenn ich gewusst hätte … Wir waren bei mir in der Margaretenstraße. So war das. Sie wollt mit mir reden, ich wollt eigentlich einen Kumpel treffen, musste ich absagen. Wir haben geredet, wie sie das wollte. Zufrieden?«

»Worüber haben Sie geredet?«, sagte Endres.

»Beziehungszeug.«

»Und worüber noch?«

»Sonst nichts«, sagte Steidl und seine Stimme wurde lauter. »Das ist jetzt alles, mehr ist da nicht. Mehr nicht.«

»Haben Sie über die kleine Nina geredet?«

»Die Nina? Wieso? Haben wir nicht.«

»Haben Sie Sonja nach Hause begleitet?«

»Wie nach Hause?«

»Von der Margaretenstraße in die Luisenstraße.«

»Hab ich nicht.«

»Wie ist sie dann nach Hause gekommen?«

»Mit der U-Bahn.«

»Haben Sie sich gestritten?«, sagte Endres.

»Worüber denn? Wieso?«

»Ich weiß es nicht. Haben Sie sich gestritten?«

»Wir haben uns nicht gestritten.«

»Was war so dringend an dem Gespräch?«

»Das war nicht dringend. Sie wollt nur reden. Der Benny hat Probleme in der Schule.«

»Gut. Hat Sonja ihren Mann nie zur Rede gestellt wegen der Affäre mit ihrer Mutter?«

»Hat sie nicht.«

»Ehrlich?«

»Hat sie nicht, so was kann die nicht.«

»Wollten Sie kein Kind mehr mit Sonja?«

»Bittschön?«

»Hat es Sie nicht gekränkt, dass sie noch einmal von Hannes Piers schwanger wurde?«, sagte Endres.

»Nein.«

»Es war Ihnen egal.«

»Was? Was war mir egal? Dass sie ein Kind kriegt? Ist ihre Sache.«

»Aber Sie hatten eine Beziehung mit ihr, Sie waren ihr Partner, nicht Piers.«

»Ja. Ich geh jetzt.«

»Nein«, sagte Endres. »Sie gehen jetzt nicht.«

»Wieso nicht? Wieso denn? Wieso?«

»Weil Sie mir nicht die Wahrheit sagen.«

»Was?«

Dienstag, 18.10 Uhr

Niemand sollte Verdacht schöpfen oder auf abwegige Gedanken kommen und zum Beispiel von sich aus mit der Presse reden. Jede Person, die von Max Vogel, Yvonne Papst, Arthur Geiger, Ludger Endres oder einem anderen Mitglied der Mordkommission befragt worden war, hatte den Hinweis erhalten, nichts zu unternehmen, was die Ermittlungen torpedieren könnte, und sei es noch so gut gemeint. Die Fahnder, so lautete der fast gleichklingende Wortlaut am Ende sämtlicher Befragungen, verfolgten eine aktuelle Spur, über die sie keinerlei Auskunft geben dürften und deren Erfolg wesentlich von absoluter Diskretion abhänge, so dass darüber auch die Presse bisher nicht informiert worden sei.

Zu Beginn ihrer Teambesprechung im Büro des Kommissariatsleiters lasen sie die Tatortberichte der Kollegen aus dem Kommissariat 311, verglichen die Analysen der Spurensucher mit ihren eigenen Aufzeichnungen und schriftlichen Kommentaren, betrachteten ausführlich die Fotos von der Leiche, verteilten die einzelnen Blätter und die zusammengehefteten Akten auf dem Tisch und spielten erst einmal schweigend mit ihren Bleistiften und Kugelschreibern. Was sie soeben gelesen hatten, überraschte sie nicht. Aber es bestätigte ihre Strategie, niemanden Verdacht schöpfen zu lassen.

Niemand sollte glauben, sie hätten keine konkreten Anhaltspunkte. Niemand sollte annehmen, sie wären ratlos. Niemand sollte die falschen Fragen stellen.

»Was fangen wir damit an?«, fragte Yvonne. »Jetzt haben wir alles Schwarz auf Weiß. Wir wissen jetzt, die DNA-Spuren stimmen überein. Hat jemand was anderes vermutet?« Sie brauchte die Antwort nicht abzuwarten.

»Trotzdem gibt es extreme Unterschiede zu den beiden anderen Fällen. Wir sind umgeben von Lügnern, und die können wir nicht ignorieren, auch wenn wir bezweifeln, dass sie unmittelbar in die Tat verwickelt sind. Ich finde …«

»Genau«, sagte Max. Mit einer entschuldigenden Geste zu Yvonne, die ihm gegenübersaß, redete er weiter. »Wir holen alle morgen früh her und nehmen sie auseinander. Und wenn wir Glück haben, sind wir bis dahin schon einen Schritt weiter und nicht mehr völlig im Nebel, so wie im Moment.«

»Falls der Zeuge was taugt«, sagte Geiger.

»Jonas ist zuversichtlich«, sagte Endres.

»Warum eigentlich?«, fragte Max unwillkürlich. Er hatte die Angelegenheit abgehakt. Wenn Schumacher einverstanden war, sollte sein Vater den Job eben übernehmen, er selbst hatte sich, das war ihm während der ausufernden Befragung von Nike Schmitt bewusst geworden, sowieso noch nie um die Mitwirkung bei einer Rekonstruktion gerissen. Überhaupt hatte er, wenn er sich nicht täuschte, bisher nur ein einziges Mal daran teilgenommen, und das war vor mehr als zehn Jahren gewesen, als er noch im Rauschgiftdezernat arbeitete. Er wusste nicht einmal mehr genau, was damals passiert war, vermutlich eine Totschlagsache im Milieu.

»Wir werden sehen«, sagte Endres. »Wir haben also Übereinstimmungen auch im dritten Fall und kommen trotzdem nicht weiter. Wenn wir in dem Hof an der Luisenstraße auch DNA-Material von den Angehörigen und Bekannten des Opfers finden, abgesehen vom Sohn, der ja zugibt, dass er in der Nähe der Leiche war, dann würden wir Zeit gewinnen. Dann bekommen wir möglicherweise sogar einen oder mehrere Haftbefehle.«

»Die leugnen alle noch«, sagte Max. »Wir könnten ihnen ein Motiv für den Mord nachweisen, aber das nützt uns nichts.«

»Das nützt uns schon«, sagte Endres. »Wenn einer von ihnen am Tatort war, wird es schwer für ihn, zu beweisen, dass er mit der Tat nichts zu tun hat.«

»Oder wir kriegen auf diese Weise einen neuen Zeugen«, sagte Yvonne. »Wär ja möglich, dass Piers oder Steidl etwas bemerkt oder jemanden gesehen haben. Sie haben es bisher verschwiegen, weil wir nicht erfahren durften, dass sie Sonja gefolgt sind.«

»Vergiss die alte Frau nicht«, sagte Max.

»Alte Frau!«, sagte Arthur Geiger. »Die ist doch nicht alt.«

»Und wir dürfen den Sohn nicht vergessen«, sagte Endres. »Er war unterwegs, vermutlich nicht allein. Vielleicht mit seinem Vater, vielleicht hat er Steidl getroffen. Vielleicht hat er seine Mutter abgepasst.«

»Ich werd versuchen, morgen mit der kleinen Nina zu reden«, sagte Yvonne. »Und zwar allein, ohne ihren Vater.«

»Dann dürfen wir ihre Aussagen nicht verwenden«, sagte Endres.

»Ich versuch's trotzdem.«

»Wann kommt der Zeuge?«, fragte Geiger.

Endres schaute auf seine Uhr. »In zwei Stunden.«

»Und der Seher?«

»Der sollte längst wieder da sein«, sagte Endres und wandte sich an Max. »Hast du mit ihm gesprochen?«

Max schüttelte den Kopf. Wie fast jedes Mal in so einem Moment, machte er sich sofort Sorgen um seinen Vater.

Dienstag, 18.30 Uhr

Schließlich rief er noch einmal bei den Nachbarn an, als würde er tatsächlich glauben, Esther wäre in das Auktionshaus zurückgekehrt. Kranich war noch nicht zu Hause. Senta Kranich sagte, sie habe vor einer Stunde mit ihrem Mann telefoniert und er habe sie gefragt, ob Esther bei ihr aufgetaucht sei. Gelegentlich, das wusste Vogel, ging seine Frau ins Kino, ohne vorher jemandem Bescheid zu sagen.

Trotzdem war er irritiert, als er mit Roderich das Haus verließ und weder Esther noch Katrin aufgetaucht waren. Er nahm sich vor, noch einmal zu Hause anzurufen, bevor er vom Dezernat aus zur Tatortbegehung aufbrechen würde.

Doch das vergaß er dann.

6

Dienstag, 13. Januar, 19.33 Uhr

Was in seinem Kopf vorging, erschreckte ihn oft. Doch dann fiel ihm ein, dass davon nie jemand etwas erfahren würde, niemals, und dieser Gedanke versetzte ihn in eine begeisterte Stimmung. Er konnte unter Leuten sein – sie waren freundlich zu ihm oder unfreundlich, das spielte keine Rolle, sie waren nur da und wollten etwas von ihm –, und doch blieb er vollkommen bei sich, im Zentrum seiner Bestimmung.

Die Dinge, die er tat, erschienen ihm unvermeidlich, er betrachtete sie als die natürliche Entfaltung seiner Empfindungen, den logischen Höhepunkt und Abschluss seines Zorns. Vielleicht, das dachte er in jüngster Zeit oft, brachte das Wort Zorn seinen Zustand nur unvollkommen zum Ausdruck. Zorn. Jeder Autofahrer wurde mal zornig, jeder Radfahrer, jeder Fußgänger, jeder Mensch, der sich nach draußen begab und auf seinesgleichen traf. Zornig durften Kinder sein, Erwachsene hatten ihre inneren Zustände zu begreifen, sie wirkten schnell lächerlich, wenn sie sich unüberlegt in aller Öffentlichkeit verausgabten.

Unüberlegt hatte er schon lange nicht mehr gehandelt. Er hatte auch genügend Zeit zum Überlegen, Jahrzehnte hatte er dazu Zeit gehabt, er musste fast fünfzig werden, um seine Gedanken in die richtigen Bahnen zu lenken, einzupassen in das System, das seit jeher in ihm angelegt war. Er hatte sich nur nicht getraut, erbarmungslos hinzusehen. Viel zu lange hatte er Erbarmen mit sich gezeigt, wie mit allen anderen. Mit den Schlägern, den Vergewaltigern, den Verbrechern, den Lächlern und Lügnern. Nachsicht hatte er geübt, jahrzehntelang Nachsicht, schon damals, als er aufs Gymnasium ging und alles wahrnahm, was um ihn herum geschah und worüber er mit niemandem sprechen konnte, außer mit sich selbst.

Das waren keine Selbstgespräche. Das hatte er von Anfang an begriffen, das war das logische Ordnen von Worten, die niemanden etwas angingen. Das war ein Sortieren und Stapeln, ein stummes Auffüllen leerer Räume, in denen er hauste, nachdem die Frau es nicht geschafft hatte, ihn rechtzeitig zu verhindern. Zu dieser Art Erkenntnis war er gelangt, noch bevor jemand aus der Familie eine Bemerkung fallen ließ, der später weitere folgten, die ihn nicht mehr interessierten.

Er kannte die Frau, seine Mutter, inzwischen, er wusste alles über sie und alles über den Mann, seinen Vater, und so ließ er die Dinge geschehen und wehrte sich nicht. Das war nicht schwer.

Eigenartig, dass er gerade heute wieder daran dachte: an die Nachmittage im Englischen Garten, wenn er, herausgeputzt wie ein Hund, zum Spielen geschickt wurde. Er spielte dann Sauberbleiben. Ein Kinderspiel. An die Stunden in der Stille der vorbildlich eingerichteten und aufgeräumten Wohnung in der Unteren Feldstraße musste er denken, an die Ferientage, die ausgefüllt waren mit dem Reinigen von Türrahmen und Heizkörpern und dem Polieren von Scheiben.

Als blicke er auf eine Leinwand, sah er die Bilder wieder und wunderte sich wieder einmal über die Geduld, die er so viele Jahre bewiesen hatte, und – daran zweifelte er nicht – es war Geduld gewesen, nicht Feigheit oder Untertänigkeit. Nur selten, daran erinnerte er sich genau, hatte er damals Zorn empfunden. Er war ein Kind und berechtigt, zornig zu sein, aber er war es nur selten. Er blieb lieber still. So konnte er besser zuschauen, zuhören, begreifen, was um ihn herum passierte, wie die Frau sich verhielt, wie der Mann ihr gehorchte, wie das Leben im Gulag in der Unteren Feldstraße verlief.

Das Wort hatte er zum ersten Mal mit dreizehn oder vierzehn gelesen, und als er wusste, was es bedeutete, benutzte er es manchmal, wenn er allein war, er schrieb es nieder und betrachtete es und freute sich, dass er es kannte. Einmal im Monat kochte seine Mutter eines der Lieblingsgerichte seines Vaters, eine Gulaschsuppe. Die hieß jetzt Gulagsuppe, und darüber musste er jedes Mal grinsen, und sie fragten ihn, was so lustig sei, und er sagte, er freue sich bloß einfach so.

Ihm war kalt. Er trat die Kippe aus, kickte sie auf die Straße und ging wieder hinein.

Dienstag, 20.10 Uhr

Zuerst hatte Ludger Endres gezögert, nicht, weil er die Idee grundsätzlich falsch fand, sondern wegen der Uhrzeit. Er fürchtete, der Jugendliche wäre am Abend nicht mehr aufnahmefähig genug oder überhaupt außerstande, eine Aussage zu machen, die über das hinausging, was er bisher erklärt hatte. Zudem hielten sich immer noch

Reporter am Haus in der Luisenstraße auf, und wenn sie sahen, dass die Polizei den Jungen abholte, würden sie fotografieren und neue Gerüchte streuen. Und auch wenn kein Journalist mehr vor Ort sein sollte, bestand die Gefahr, der eine oder andere Nachbar könnte mit einem eigenen Apparat oder seinem Handy am Fenster stehen, die Szene beobachten und als sogenannter Leser-Reporter die Bilder verkaufen.

Trotzdem hatte Max Vogel recht. Vor der Rekonstruktion der Tat mussten noch einige entscheidende Details im Umfeld geklärt werden, und derjenige, der im Moment am meisten dazu beitragen konnte, war der fünfzehnjährige Benjamin Piers. Also erteilte der Erste Hauptkommissar seinen Kollegen Max Vogel und Yvonne Papst die Erlaubnis, die Vernehmung durchzuführen, zwar in der Wohnung der Familie, aber als offizielle, protokollierte Zeugenbefragung. Anschließend sollten die beiden auf Endres, den Zeugen Finke und Jonas Vogel warten.

Als Max und Yvonne klingelten, öffnete eine Minute später Hannes Piers die Haustür.

»Hol meine Mutter vom Bahnhof ab«, sagte er, ohne weder Yvonne noch Max direkt anzusehen. »Ich hab am Telefon gesagt, es ist mir nicht recht, dass Sie heut noch hier aufkreuzen, und das mein ich immer noch.«

»Wie gesagt, wir müssen dringend mit Ihrem Sohn sprechen.« Max hielt seiner Kollegin die Tür auf, die Piers sofort losgelassen hatte.

»Der hat Ihnen alles schon gesagt.«

»Wir werden noch da sein, wenn Sie zurückkommen«, sagte Max.

»Ihnen fehlt's an Taktgefühl.« Piers schüttelte den Schlüsselbund, den er in der Hand hielt, und ging durch den Hof weg.

Auf dem Fensterbrett im Wohnzimmer brannte eine rote Kerze. Max dachte an Nike Schmitt, die mit aller Macht versucht hatte, ihn hinters Licht zu führen. Benny hatte sich wieder in den Sessel fallen lassen und starrte aus glasigen Augen auf den Teppich. Auf dem Tisch standen drei Bierflaschen, keine Gläser. Es roch nach Rasierwasser und schlechter Luft. Der Jugendliche trug ein schwarzes Hemd, das ihm aus der Hose hing. Die langen strähnigen Haare verdeckten sein Gesicht, und er wirkte, als würde er jeden Moment einschlafen.

Max nahm das Aufnahmegerät und einen Schreibblock aus seiner Tasche, stellte den Recorder auf den Tisch und schaltete ihn ein. Er setzte sich Benny gegenüber auf einen Stuhl. Die Stehlampe verbreitete ein milchiges Licht. Die Kerze flackerte.

»Ist deine Schwester drüben?«, sagte Yvonne, die immer noch bei der Tür stand.

Benny antwortete nicht.

»Ich seh mal nach.« Yvonne ging in den Flur und klopfte leise an die Tür des Kinderzimmers.

»Ich hab Fragen, die nur du beantworten kannst«, sagte Max. »Ich belehre dich, dass du als Zeuge vernommen wirst und zu einer Aussage verpflichtet bist.«

»Ich weiß nichts.« Die Stimme des Jungen kam wie aus einer dunklen Ferne.

»Du hast ausgesagt, du hättest um Mitternacht das Haus verlassen, ist das wahr?«

»Ja.«

»Wirklich?«

Benny hob den Kopf, schüttelte die Haare aus seinem Gesicht und blinzelte. »Deswegen kommen Sie hierher und nerven?«

»Ja«, sagte Max. »Ich bin verantwortlich für die Aufklärung des Mordes an deiner Mutter. Deswegen nerv ich jeden, der mich anlügt, so lange, bis er mich nicht mehr anlügt. Es wär besser, du würdest dich besinnen und mir helfen und nicht so tun, als wär dir der Tod deiner Mutter egal.«

»Du blöder Depp.« Der Arm des Jungen schoss ziellos durch die Luft. »Ich lass mich von Ihnen nicht beleidigen. Sie haben hier nichts verloren. Ich bin minderjährig, mich dürfen Sie ohne meinen Vater gar nicht verhören.«

»Das darf ich schon«, sagte Max ausdruckslos. »Sag mir, wann du die Wohnung verlassen hast. Nein, sag's mir nicht. Ich werde raten. Du bist gegen neun weggegangen. Nein, halb zehn. Deine Schwester war eingeschlafen, da bist du los. Wo warst du, Benny? Wen hast du getroffen und warum warst du so lange weg?«

Mit gesenktem Kopf starrte der Schüler vor sich hin.

»Wir wissen inzwischen, wo und mit wem deine Mutter den Abend verbracht hat.«

Keine Reaktion aus dem Sessel.

»Wusstest du, wo sie war?«

»Nein.«

»Und wo warst du?«

»Nirgends.«

»Nirgends ist niemand«, sagte Max. »Du warst aus, hast dich amüsiert.«

»Ich hab mich nicht amüsiert.« Benny lehnte sich zurück, bewegte die Beine und legte das rechte dann schräg über das linke. Er hatte schwarze klobige Schuhe an, deren Leder glänzte.

»Du hast jemanden getroffen«, sagte Max. »Wen?«

»Niemand hab ich getroffen.« Trotzig verschränkte er die Arme. Nachdem er sich über die Augen gewischt hatte, tat Max dasselbe. Der Junge schien es nicht zu bemerken. »Ich hab niemand getroffen. Niemand getroffen. Niemand.«

Max machte sich Notizen und legte den Block auf den Tisch. »Wir haben eine Menge Methoden, um rauszufinden, wann jemand gestorben ist. Temperaturmessungen, die Art der Verletzungen, alles Mögliche. Aber manchmal können wir den genauen Zeitpunkt nicht auf eine halbe Stunde eingrenzen, und das ist riskant für unsere Ermittlungen. Wenn wir exakt wissen, wann jemand ermordet wurde, wissen wir auch sofort, wenn jemand lügt. Wenn jemand ein falsches Alibi liefert, wenn die Zeiten nicht übereinstimmen. Sehr simpel. Und du, Benny, hast auf gar keinen Fall das Haus gegen Mitternacht verlassen, denn diese Zeitangabe passt nicht im Geringsten zu den Ergebnissen, die der Pathologe – das ist ein Arzt, der nur Tote untersucht – uns geliefert hat.«

»Halten Sie mich für hirnamputiert? Glauben Sie, ich weiß nicht, was ein Pathologe ist?« Benny streckte die Beine aus und setzte seine abweisende Miene auf.

»Kommt halb zehn hin?«, sagte Max.

Keine Antwort, was den Jungen viel Mühe kostete. Er wippte abwechselnd mit den Beinen, streckte die Arme, verschränkte sie wieder, presste den Kopf gegen die hohe Rückenlehne. Vom Flur her waren keine Stimmen zu hören. Max hatte mitbekommen, wie Yvonne die Tür des Kinderzimmers von innen geschlossen hatte.

»Du hast mit deinem Vater eine Absprache getroffen«, sagte Max. »Deswegen fühlst du dich verpflichtet, deine Aussagen gut abzuwägen. Das ist auch richtig, ich versteh dich. Trotzdem musst du mir die Wahrheit sagen, dein Schweigen belastet dich, ich mein nicht auf der Seele oder im Herzen, es belastet dich juristisch. Du verhältst dich verdächtig, ist das notwendig? Hilfst du uns damit?

Hilfst du dir mit diesem Verhalten? Ich weiß es noch nicht, ich fürchte, nicht. Wenn du deinen Vater getroffen haben solltest – sag im Moment nichts dazu, ich will dir nur etwas erklären –, falls es so war, weil ihr euch aussprechen wolltet, weil ihr etwas zu bereden hattet, das niemand hören und wissen durfte, nicht mal deine Mutter, wenn ihr beide also beschlossen hattet, euch gestern Abend zu sehen, was ein günstiger Zeitpunkt war, da deine Mutter weggegangen war und so schnell nicht zurückkehren würde – falls es so war, Benny, dann ist das für mich eine wesentliche Information, absolut bedeutend im Zusammenhang mit der Fahndung nach dem Mörder deiner Mutter. Übrigens wird später ein Zeuge hier auftauchen, der den Mörder möglicherweise gesehen hat.«

»Was?« Als hätte ihn ein Stromschlag getroffen, ruckte Bennys Körper nach vorn. »Ein Zeuge ist da? Da hat wer zugeschaut, als … Das gibt's doch nicht. Wieso fragen Sie dann mich aus? Was soll ich dann dabei?«

»Ich muss wissen, warum du lügst.«

»Ich lüg nicht.«

»Vielleicht hat der Zeuge dich gesehen und nicht den Mörder.«

Mit offenem Mund und aufgerissenen Augen saß Benny regungslos da, wie erstarrt. Er vergaß sogar zu blinzeln.

Max nahm den Block vom Tisch. Er wartete ein paar Sekunden, und da Benny weiter keinen Mucks machte, schrieb er Stichpunkte zu dessen Verhalten nieder. Er durfte keine Zeit verlieren, er brauchte die Aussage, bevor Hannes Piers und dessen Mutter vom Bahnhof kamen. Ein wenig hoffte er, die Tür zum Kinderzimmer würde aufgehen und Yvonne brächte ihm die entscheidende Information.

Im milchigen Licht der Stehlampe wirkte Bennys Gesicht wie eine Maske.

»Hast du deine Mutter getötet?«, sagte Max mit ruhiger Stimme.

Benny schwieg. Er kniff die Augen zusammen, verzog den Mund, kippte nach hinten in den Sessel.

»Hast du die Frage verstanden?« Max beugte sich vor. »Hast du deine Mutter getötet, Benny?«

Nach einem langen, von Zuckungen seines Kopfes und seiner Hände begleiteten Schweigen sagte der Junge: »Ich muss meine Schwester ins Bett bringen.«

Aber die Fünfjährige war noch mitten in ihrer Geschichte.

Sie erzählte ihren Freundinnen Emmi und Taffi von einer Reise auf eine Insel, auf der so viel Nebel war, dass man die Häuser nicht mehr sehen konnte. Und der Nebel kam so schnell vom Meer, dass man sich bloß einmal umdrehte, und dann war die ganze Welt verschwunden.

»Hast du dich gefürchtet?«, sagte Yvonne, die sich auf den Boden gesetzt und an die Tür gelehnt hatte.

In einem weißen Kleidchen und mit rosafarbenen Hausschuhen aus Frottee hockte Nina auf dem Bett, umringt von Puppen, von denen Emmi und Taffi ihre liebsten waren.

»Schon«, sagte Nina und drückte die Puppen an sich. »Aber meine Mama hat mich bei der Hand genommen und dann sind wir einfach weitergegangen. Am Strand. Und überall war der weiße Nebel. Das war unheimlich, so viel Nebel hab ich noch nie gesehen. Hast du schon mal ganz viel Nebel gesehen?«

»So viel wie du noch nicht«, sagte Yvonne. »Hier in der Stadt ist es meistens nicht so neblig, nur ein bisschen.«

93

»Nur ein bisschen«, sagte Nina und seufzte. In ihren blonden Haaren steckte eine rote Klammer. Manchmal wischte sie sich eine Strähne von der Stirn und leckte sich dabei die Lippen. Sie sprach mit leiser Stimme, mit langen Pausen zwischen den Sätzen. Zwischendurch sah sie die Kommissarin an, als erwarte sie eine große Antwort von ihr. »Nur die Mama, ich und Emmi und Taffi waren da, sonst niemand.«

»Weißt du noch, wie die Insel heißt?«

»Weiß ich nicht mehr.«

»Dein Bruder war nicht dabei.«

»Der musste doch in die Schule.« Nina schüttelte den Kopf und dann schüttelte sie die Köpfe der Puppen.

»Das hab ich vergessen«, sagte Yvonne. »Ich bin blöd.«

Nina kicherte. Im nächsten Moment war ihr Gesicht so verschlossen wie zuvor. Obwohl sie lebhaft erzählte, blieben ihre blauen Augen ernst und ihre Wangen bleich.

»Du magst deinen Bruder gern«, sagte Yvonne.

»Der ist doch mein Bruder. Magst du deinen Bruder nicht gern?«

»Ich hab keinen Bruder. Aber ich hab mir immer einen gewünscht. Hat dir Benny gestern Abend wieder eine Geschichte vorgelesen?«

»Ja. Die Geschichte vom kleinen Bären, der seine Mama sucht am Strand. Die kenn ich schon, die Geschichte, aber die ist schön. Die hat er mir vorgelesen und dann bin ich eingeschlafen.«

»Bist du dann später noch mal aufgewacht?«

Nina kämmte Emmi mit den Fingern die Haare, zupfte an ihrem geblümten Kleid und legte dann Emmis Arm um Taffis Schulter. »Taffi ist viel schlauer als Emmi, aber das verrät sie ihr nicht, die beiden sind die besten Freundinnen. Hast du auch Puppen gehabt?«

»Natürlich«, sagte Yvonne. »Aber ich glaub, die waren nicht so schön wie deine. Wann bist du denn noch mal aufgewacht in der Nacht?«

»Weiß ich nicht mehr.«

»Kannst du schon die Uhr lesen?«

»Ein bisschen.«

»Hast du auf die Uhr geschaut, als du aufgewacht bist?«, sagte Yvonne.

»Ich bin aufs Klo gegangen und gleich wieder ins Bett.«

»Hat dich der Benny nicht bemerkt?«

»Der war doch nicht da.«

»Hast du nachgeschaut, ob er da ist?«

Nina nickte und strich über die Köpfe der Puppen, die sie mit dem anderen Arm festhielt.

»Benny war nicht im Wohnzimmer«, sagte Yvonne.

»In seinem Zimmer auch nicht.«

»Er ist einfach weggegangen.«

»Hm.«

»Hast du auf die Uhr geschaut?«

»In Bennys Zimmer hängt eine ganz große Uhr, wie am Bahnhof. Da drauf war's genau fünf Minuten nach elf.«

»Hast du so genau hingeschaut, Nina?«

»Ja. Aber nicht lang. Ich hab die Tür gleich wieder zugemacht und bin ins Bett gegangen.«

»Hast du dich gefürchtet?«

»Nicht richtig. Nur ein bisschen.«

»Hast du Emmi und Taffi mit ins Bett genommen?«

»Die schlafen doch immer bei mir.«

»Und dann bist du wieder eingeschlafen.«

»Ja«, sagte Nina.

»Und wann bist du wieder aufgewacht?«

»Als der Benny mich geweckt hat. Und er hat gesagt, dass mit der Mama was passiert ist, und dann hat er geweint, und dann hab ich sein Gesicht gestreichelt. Aber er hat immer weitergeweint. Und der Benny weint nie, weißt du. Ich hab auch geweint, nur ein bisschen. Ist die Mama wirklich tot?«

»Ja, Nina«, sagte Yvonne und stand auf und ging zum Bett und kniete sich hin und nahm das Mädchen in den Arm. Eine Weile blieben sie so. Yvonne spürte die Puppen an ihrem Bauch.

»Gleich kommt deine Oma aus Oldenburg«, sagte die Kommissarin, um etwas zu sagen und nicht zu verzweifeln.

»Wo ist Oldenburg?«, fragte Nina leise.

»Weit im Norden von Deutschland.«

»An der Nordsee?«

»Nein«, sagte Yvonne. »Aber fast an der Nordsee.«

»Dann gibt's da bestimmt auch viel Nebel.«

»Bestimmt«, sagte Yvonne, um etwas zu sagen.

»Da muss ich unbedingt die Oma fragen«, sagte Nina.

»Vergiss es nicht.«

»Das vergess ich schon nicht.«

»Nein«, sagte Yvonne.

»Nein«, sagte Nina.

Dann waren sie still, und es war still im ganzen Haus.

Dienstag, 21.04 Uhr

Sie versprach dem Mädchen, später noch einmal bei ihr reinzuschauen, und ging hinüber zu Max Vogel und Benjamin Piers. Die beiden saßen sich stumm gegenüber, beide nach vorn gebeugt, beide mit gesenktem Kopf. Yvonne blieb in der Tür stehen. Als Max den Kopf hob, sagte sie: »Um elf Uhr nachts warst du nicht mehr zu Hause, Benny. Du hast uns angelogen.«

Der Junge legte die Hände auf den Hinterkopf, als wolle er seinen Kopf noch weiter nach unten drücken.

Max stand auf, und Benny zuckte zusammen und setzte sich aufrecht hin, die Hände auf den Beinen, wie ein gehorsamer Schüler, der vom Lehrer aus seinen Träumen gerissen wurde.

»Als du das Haus verlassen hast«, sagte Max, »da warst du allein im Hinterhof. Und die Leiche deiner Mutter lag nicht auf dem Boden.«

Benny schüttelte den Kopf und sah mit müden Augen zur Tür.

»Wann bist du weggegangen?«, sagte Max.

»Kurz vor zehn.« Benny hatte so leise gesprochen, dass Yvonne einen Schritt ins Zimmer machte.

»Und wo bist du hingegangen?«, sagte Max, der immer noch am Tisch stand, zwischen dem Jungen und seiner Kollegin.

»Ins Atzinger.«

»Wo ist das?«

»Gegenüber vom News Café.«

»In der Schellingstraße, Ecke Amalienstraße.«

Benny nickte, ohne seinen Blick von der Tür abzuwenden.

»Und im News Café warst du auch.«

»Ja.«

»Da hast du also nicht gelogen«, sagte Max. »Das ist gut. Mit wem hast du dich im Atzinger getroffen?«

Jetzt schaute Benny zuerst die Kommissarin, dann Max an. »Ich hab ihm versprochen, nichts zu verraten. Wir haben das so ausgemacht. Das hätt niemand erfahren dürfen.«

97

»Du hast dich mit deinem Vater getroffen«, sagte Max.

Nach einem Moment sagte Benny: »Nein. Mit Frank. Mit meinem Vater doch nicht. Wenn der das erfährt, erschießt er mich. Der darf das nie erfahren. Geht das? Kriegen Sie das hin?«

»Warum darf dein Vater das nicht erfahren?« Die Frage hatte Max nur gestellt, weil er die Verwirrung, die Bennys Bemerkung in ihm ausgelöst hatte, unter Kontrolle bringen musste. Unwillkürlich drehte er den Kopf zu Yvonne. Die Kommissarin war bereits näher gekommen, sie ging an Max vorbei und stellte sich neben den Sessel, in dem Benny saß. Blinzelnd, mit furchtvollem Blick sah der Junge zu ihr hinauf.

»Frank ist Frank Steidl«, sagte sie.

»Wer denn sonst?«

Obwohl Max nicht erst seit er in der Mordkommission arbeitete mit dem Lügengehäuse vertraut war, in dem so viele Familien ihr Leben verbrachten, und die Abläufe und Verhaltensweisen gewöhnlich ziemlich rasch durchschaute, brachte er im Moment keinen klaren Gedanken zustande.

Was Benny sagte, bedeutete, dass er, Max, bisher überhaupt nichts vom wahren Umfeld der ermordeten Sonja Piers begriffen hatte. Seine Ermittlungen basierten offensichtlich in einem Ausmaß auf Blind- und Taubheit, das er bei sich selbst nie für möglich gehalten hätte. Wie ein Anfänger, und schlimmer als ein Anfänger, wie ein Dilettant, war er in ein Labyrinth von Aussagen geraten und hatte allen Ernstes geglaubt, er befinde sich auf einem fast schnurgeraden Weg, der lediglich vom üblichen Dickicht gesäumt wurde, in dem die Trickser in der banalen Hoffnung kauerten, nicht entdeckt zu werden.

Von alltäglichen Tricksern konnte diesmal keine Rede sein, dachte Max.

Er setzte sich wieder, kontrollierte das Aufnahmegerät und nahm den Block in die Hand, allerdings nur, um ihn gleich wieder hinzulegen und sich über die Augen zu wischen. Frank Steidl hatte dem Chef der Mordkommission souverän ins Gesicht gelogen. Zwar zweifelte Endres am Wahrheitsgehalt mancher Bemerkungen, grundsätzlich stellte er die Aussage jedoch nicht in Frage. Hannes Piers hatte Yvonne vollständig ins Leere laufen lassen. Benjamin Piers gab den verdrucksten, ernsthaften, trauernden Sohn, der nach dem Auffinden der Leiche seiner Mutter in ein tiefes, inneres Verlies gestürzt war, jedenfalls vermittelte er dieses Bild und dabei verfolgte er sehr geschickt eine eigene, sehr irdische Lügenstrategie. Und was Nike Schmitt betraf, so schien sie nach und nach ein paar Geheimnisse preiszugeben, doch was sie mit dieser scheinbaren Offenheit bezweckte, erschien Max zweifelhafter denn je.

Der Tod der Sonja Piers hatte die Lügengehäuse dieser Leute nicht gesprengt, dachte Max Vogel, er hatte die Türen und Fenster noch fester verriegelt und das Schweigen zur allgemeinen Sprachregelung erklärt.

Eine solche Erkenntnis erschütterte Max nicht zum ersten Mal, doch aus einem Grund, den er noch nicht kannte, waren seine Erwartungen bei diesem Mordfall vollkommen andere gewesen.

»Sie schauen so verblüfft«, sagte Benny zu Max und Yvonne. »Wieso hätt ich mich mit meinem Vater treffen sollen?«

»Und wieso hast du dich mit Frank Steidl getroffen?«, sagte Yvonne, die über Max' konsternierten Gesichtsausdruck verwundert war.

»Weil ich ihm endlich die Wahrheit sagen wollt.«

»Welche Wahrheit?«, sagte Yvonne.

»Die Wahrheit halt.« Wieder schaute Benny zur Tür, dann sprach er mit gedämpfter Stimme weiter. »Das alles hier. Die Mama hat zu mir gesagt, ich soll das niemand weitererzählen, auch nicht dem Papa, dem würd sie das ein andermal erzählen, irgendwann. Und ich darf auch meiner Schwester nichts sagen. Hab ich nicht getan. Mach ich auch nicht. Die Nina ist die Tochter vom Frank, das weiß mein Papa nicht. Das weiß niemand sonst. Meine Mutter wollte, dass ich Bescheid weiß. Ich hab ihr gesagt, mir ist das egal. Aber das stimmt nicht, ich hab bloß gedacht, dass mir das egal ist. Und dann hab ich sie gefragt, warum sie es dem Papa nicht sagt und sich scheiden lässt und fertig. Da hat sie gesagt, der Frank will sie nicht heiraten, und sie will eigentlich auch nicht. Das hab ich ihr nicht geglaubt. Sie hätt den Frank schon geheiratet.

Ich mag den nicht. Er stinkt. Wieso die Mama mit dem zusammen ist, versteh ich nicht. Und die Nina kann ihn auch nicht leiden, obwohl sie ihn gar nicht richtig kennt. Und obwohl er ihr Vater ist. Er war mal hier und hat mit ihr rumgetan. Als würd er wissen, dass er der Vater von ihr ist. Wusste er aber nicht. Der hatte keine Ahnung. Jetzt schon. Ich hab's ihm gesagt.

Da musste er gleich noch einen Wodka trinken. Ich hab zu ihm gesagt, wie schlecht es der Mama wegen ihm geht und dass sie nur noch rumheult und nur noch Stress in der Arbeit hat und die Nina dauernd anschreit und ihr wehtut, wenn sie sie ärgert. Ich wollt, dass er kapiert, was er angerichtet hat. Und ich wollt, dass er weiß, dass er nie mein Vater werden würd, und der von Nina auch nicht. Ich wollt ihm bloß die Wahrheit sagen, sonst nichts. Der war fertig. Fast hätt er eine Schlägerei mit mir angefangen.

Und dann hab ich ihm noch gesagt, wenn er zu meiner Mutter ein Wort sagt, dass ich ihn getroffen hab, mach ich ihn kaputt. Und wenn er noch einmal vor unserer Wohnungstür steht, schmeiß ich ihn die Treppe runter. Ich hab ihm gesagt, er soll nie wieder auftauchen und nie wieder in die Nähe meiner Mutter kommen. Da fiel ihm nichts mehr ein, dem Supermarktstinker, er hat seinen Wodka ausgetrunken und ist gegangen. Vorher hat er noch für mich mitbezahlt. Er dachte, ich will mit ihm was über die Mama bereden, da hat er sich sauber verzählt. Wie der mich schleimig begrüßt hat. Hätt mich fast umarmt, ich kenn den überhaupt nicht, ich will von dem nicht angefasst werden. Hat er nicht wissen können, was auf ihn zukommt.

Ich hab ihn angerufen und war nett und hab gesagt, ich muss dringend mit ihm reden, wegen Mama und wegen mir und wegen Nina und dass wir doch irgendwie eine Familie sind. Das hat der echt geglaubt. Der hat geglaubt, ich mein das ernst. Der hat geglaubt, wir sind eine Familie. Wir waren noch nie eine Familie, meine Eltern haben immer bloß so getan, die dachten, ich merk nichts. Mein Vater ist schon in Ordnung, wir haben nie viel miteinander geredet, muss man ja auch nicht. Er ist viel weg, er hat seinen Beruf, er wollt immer seinen eigenen Betrieb, hat nicht geklappt. Das war schwer für ihn. Und meine Mutter ist auch nur bei ihm geblieben, weil sie sonst überhaupt kein Geld gehabt hätt. Die ist dauernd wo rausgeflogen, die kann sich nicht durchsetzen. Nur bei der Nina, aber wenn die älter wird ...»

Plötzlich liefen ihm Tränen über die Wangen. Er wischte sie hastig ab und hörte so abrupt zu weinen auf, wie er begonnen hatte. »Ist jetzt alles egal. Meine Mutter ist tot. Ja, stimmt, ich bin nicht erst um Mitternacht rausgegangen, sondern schon früher. Ich wusst ja, dass die Mama ausgehen will, da hab ich mich mit Frank verabredet und ihm gesagt, er soll niemandem was erzählen, schon gar nicht meiner Mutter. Hat er nicht getan. Meine Mutter hat mich auch angelogen, die hat gesagt, sie trifft den Frank, und ich wusste ja, dass das nicht stimmen kann. Wo sie in Wirklichkeit war, weiß ich nicht. Will ich auch nicht mehr wissen, ist egal. Aber wieso sie tot ist, will ich schon wissen. Ich hab sie da liegen sehen, ich hab sie gleich erkannt, trotz der Dunkelheit. Das war fürchterlich.

Ich hab das erst gar nicht verstanden, wieso die da liegt. Ich hab gedacht, sie schläft, sie hat sich hingelegt, weil sie vor lauter Müdigkeit nicht mehr weitergehen konnte. Das wär doch möglich gewesen. Sie war oft so müd und hat sich am Nachmittag ins Bett gelegt. Fast jeden Sonntag. Auch wenn die Sonne schien und die Nina gern raus wollt. Aber meine Mutter war fertig, sie hat nicht drüber geredet, sie hat nichts gesagt, nie, sie hat alles immer gemacht, damit alles in Ordnung ist und die Nina pünktlich in den Kindergarten kommt und ich ins Gymnasium. Sie hat alles für uns gemacht, und ich hab ihr nicht oft geholfen. Das tut mir leid jetzt. Tut mir leid.

Ich hab schon … Sie war dann sauer, und dann bin ich auch sauer geworden, und dann hat die Nina angefangen zu heulen, und dann ist meine Mutter ausgerastet und hat rumgeschrien, und ich hab meine Tür abgesperrt und hab Computer gespielt, wie immer. Sie fand das schlimm, dass ich so viel Computer gespielt hab. Da konnte ich wenigstens mit jemandem reden, da sind meine Kumpels im Spiel, und wir reden miteinander und haben Fun. Jetzt kommt mein Vater zurück und bringt die Oma mit, die wir überhaupt nicht richtig kennen, die Nina und ich.«

Von draußen war das Klirren eines Schlüssels zu hören.

7

Dienstag, 13. Januar, 21.45 Uhr

Die nächste Stunde verbrachten Max Vogel und Yvonne
Papst mit Gesprächen unter vier Augen und mehreren
Telefonaten. Um ungestört zu sein, hatten sie sich ins
Schlafzimmer zurückgezogen, nachdem Roswitha Piers
ihren Koffer und ihre Reisetasche dort abgelegt hatte.
Kurzfristig hatten die Kommissare überlegt, im Auto
ihre Arbeit zu erledigen, aber dann entschlossen sie sich,
in unmittelbarer Nähe der Familie zu bleiben. Zu viele
Fragen lagen in der Luft, und die Luft war elektrisiert
von der Anwesenheit der Lügner.

Benjamin Piers behauptete, Steidl habe das »Atzinger«
etwa eine halbe Stunde vor Mitternacht verlassen. Daraufhin habe er, Benny, sein Bier ausgetrunken und noch
gegenüber im News Café vorbeigeschaut, wo ihm ein-
fiel, dass er Zigaretten brauchte. Nach einem weiteren
Bier habe er sich »in normaler Geschwindigkeit« auf
den Heimweg begeben.

Max hatte ihn gefragt, ob er sich Zeit gelassen oder
noch mit jemandem telefoniert habe. Sein Handy hatte
Benny nach eigener Aussage nicht dabei. Gegen Viertel
nach eins traf er in der Luisenstraße 62 ein und entdeckte
die Leiche seiner Mutter. Gesehen habe er sonst niemanden, »ich schwör's«.

103

Vermutlich hätte er auch geschworen, niemanden in dieser Nacht getroffen zu haben.

Wohin ging Frank Steidl, nachdem er das »Atzinger« verlassen hatte? Seine Handyverbindungen ließ Max ebenso überprüfen wie die von Hannes, Sonja und Benjamin Piers. Die richterliche Genehmigung würde er nachträglich einholen.

Mit wem hatte sich Sonja Piers verabredet? Warum hatte sie ihren Sohn angelogen, zu dem sie immerhin so viel Vertrauen hatte, dass sie ihn in das Geheimnis um Nina einweihte? Hatte sie die Absicht, sich von Steidl zu trennen? War es denkbar, dass die beiden sich in der Nacht zufällig getroffen hatten? Oder dass Steidl sie, nachdem er die Wahrheit wusste, angerufen und auf ein spontanes Treffen gedrängt hatte?

Warum hatte Hannes Piers die Wohnung seiner Freundin noch einmal verlassen? Wer hatte ihn zuvor angerufen? Sein Sohn, wie Piers' Freundin vermutete? Sie wusste es nicht genau. Angeblich war er gegen Mitternacht weggegangen, aber woher wollte Claudia Gerber das so genau wissen? Sie war im Halbschlaf gewesen, zumindest war sie schon im Bett und kümmerte sich nicht weiter um ihren Freund.

Im schlimmsten Fall hatte Benny etwas provoziert, das außer Kontrolle geraten war, und als er die Tote sah, bekam er eine Ahnung davon und verschanzte sich hinter einem Lügenwall.

»Nichts als Vermutungen«, sagte Yvonne. »Wer hat denn Sonjas Handy bearbeitet?«

»Geiger«, sagte Max. »Sie hat nicht mit Steidl telefoniert und nicht mit ihrem Ehemann. Dann wären wir eher auf den Geliebten gekommen.«

»Mit wem hat sie sonst telefoniert?«

»Das weiß ich nicht.«

»Mit ihrem Sohn?«

»Nerv mich nicht«, sagte Max. »Du hast doch gehört, dass ich alle Verbindungen jetzt überprüfen lass. Die haben uns verarscht, und wir haben uns verarschen lassen. Wieso eigentlich? Wieso sind wir so oberflächlich? Wieso sind wir so blind gewesen?«

»Schrei nicht so. Wir sind nicht oberflächlich. Wir sind auch nicht blind, wir verfolgen eine Spur. Wir haben konkrete Hinweise, dass der Täter, der Sonja Piers ermordet hat, für den Tod von zwei weiteren Menschen verantwortlich ist. Darauf müssen wir uns konzentrieren.«

»Wer sagt dir denn, dass dieser Täter nicht hier nebenan sitzt und gerade Kaffee trinkt?«

Yvonne griff nach Max' Arm. »Nicht so laut. Was ist denn los mit dir?«

Max schüttelte ihre Hand ab und ging zum Fenster, an dem ein blaues Rollo befestigt und heruntergelassen war. »Wir wissen gar nichts über diese Familie. Wir haben keine DNA, wir haben keine Fingerabdrücke, wir haben keine Abgleiche, wir sind total blöde.«

»Beruhige dich, Max.«

»Wir sind total blöde«, wiederholte er und schleuderte seinen Notizblock, den er die ganze Zeit in der Hand gehalten hatte, aufs Bett, neben den Koffer. Über das Bett war eine rot-blau gemusterte Tagesdecke gebreitet. »Wir sind wieder mal nur in eine Richtung gerannt. Wir sichern Spuren, die zu einem bekannten Muster passen, und vergessen, dass es auch noch andere Muster geben könnte. Das passiert uns nicht zum ersten Mal. Diese Leute da draußen lügen, und die tote Frau in der Pathologie hat am allermeisten gelogen. Der Junge findet den Leichnam seiner Mutter vor dem Haus und tut nichts. Nichts. Er lügt weiter. Nichts erschüttert ihn. Der Tod dieser Frau erschüttert hier niemanden. Der Mann schläft mit seiner Schwiegermutter, ist kein Verbrechen, er ist verheiratet, ist klar, sonst wäre die Frau nicht seine Schwiegermutter, bloß eine ältere Frau. Und die Tochter weiß davon und sagt nichts. Vermutlich weiß auch der Sohn davon und sagt nichts. Oder seine Mutter hat ihm davon erzählt, wie sie ihm alles über seine kleine Schwester gebeichtet hat, die beiden hatten offensichtlich ein starkes Vertrauensverhältnis. Währenddessen geht die Mutter weiter zu ihrem Liebhaber, sagt ihm aber nicht, dass er seit fünf Jahren Vater ihrer gemeinsamen Tochter ist. Das bleibt unter der Decke. So funktioniert diese Familie. Und sie funktioniert immer noch so, obwohl eine Mitspielerin seit gestern Nacht fehlt.«

»Viele Familien funktionieren so«, sagte Yvonne. Sie hatte im Flur ein Geräusch gehört und legte das Ohr an die Tür und gab ihrem Kollegen ein Zeichen, sich ruhig zu verhalten.

»Was ist?«, hörte Yvonne Piers sagen. Offensichtlich sprach er in sein Handy. Dann senkte er die Stimme, und sie konnte kein Wort mehr verstehen. Er flüsterte ein paar Sätze und beendete die Verbindung. Yvonne hielt den Zeigefinger an ihren Mund. Max dachte einen Moment nach, dann ging er zu ihr, schob sie zur Seite und öffnete die Tür.

»Mit Ihnen wollte ich eh sprechen«, sagte der Kommissar. »Kommen Sie bitte rein.«

»Wir essen gerade gemeinsam in der Küche«, sagte Piers. »Wann fängt die Sache da unten an?«

»Kommen Sie bitte«, sagte Max noch einmal. Mit einer wegwerfenden Handbewegung ging Piers an ihm vorbei ins Schlafzimmer. Max schloss die Tür. »Mit wem haben Sie gestern Nacht telefoniert, bevor Sie die Wohnung Ihrer Freundin verlassen haben?«

»Ich hab mit niemandem telefoniert. Ich hab auch die Wohnung nicht verlassen. Haben Sie in unseren Sachen rumgeschnüffelt?«

»Wir haben nicht rumgeschnüffelt«, sagte Yvonne und gab sich Mühe, den Rasierwassergeruch, den sie schmierig fand, nicht einzuatmen.

Piers schaute sie eine Sekunde lang an und verzog den Mund.

»Mit wem haben Sie telefoniert?«, sagte Max.

»Sie hören mir nicht zu«, sagte Piers.

»Wir lassen gerade die Telefonverbindungen überprüfen, morgen früh wissen wir, mit wem Sie telefoniert haben. Sie verweigern gerade eine Aussage, zu der Sie verpflichtet sind. Mit wem haben Sie telefoniert?«

»Sie zapfen mein Telefon an?«

»Klagen Sie dagegen«, sagte Max. »Mit wem haben Sie telefoniert?«

»Sie dürfen mein Telefon nicht anzapfen«, sagte Piers. »Ich bin kein Terrorist. Ich hab nicht mal vor, nach Pakistan zu fahren und einer zu werden. Sie werden einen Haufen Ärger kriegen.«

»Und Sie erst.« Max nahm den Recorder vom Tisch und schaltete ihn wieder ein. »Sie behindern unsere Ermittlungen. Das ist nicht so schlimm, das machen viele Leute, das ist fast normal, wenn man was vertuschen will. Sie haben vor zwölf Stunden Ihre Frau verloren und tragen nichts dazu bei, unsere Arbeit zu beschleunigen, Sie verlangsamen unsere Arbeit eher.« Max kaute auf seinen Lippen, zog die Stirn in Falten und sah auf seine Uhr. »Sie sind hiermit vorgeladen, Herr Piers. Morgen früh um halb neun beginnt Ihr Termin im Dezernat, ich rate Ihnen, pünktlich zu sein. Vor der Vernehmung sind Sie beim Erkennungsdienst und nach der Vernehmung werden wir wissen, ob Sie am Tatort waren. Und ob Sie am gewaltsamen Tod Ihrer Frau beteiligt waren. Eine Polizeistreife wird heute Nacht das Haus überwachen, bleiben Sie also einfach da und fahren morgen in die Ettstraße. Sie sind natürlich nicht die einzige Person aus Ihrer Familie, die wir vorladen.«

»Fertig?«, sagte Piers. Er steckte die rechte Hand in die Hosentasche und wischte mit der linken durch die Luft. »Sie machen sich wichtig, weil Sie keine Ahnung haben, wer Sonja umgebracht hat. Passt schon. Ich weiß, wie's läuft. Ich hab mit Steidl telefoniert, der hat mich angerufen. Zufrieden?«

»Sie kennen Frank Steidl«, sagte Yvonne. Piers sah sie nicht an. »Sie sind sich schon öfter begegnet. Waren Sie nicht eifersüchtig auf ihn?«

»Auf den?« Piers machte eine Pause, kratzte sich am Bauch. »Weil er mit meiner Frau ins Bett gestiegen ist? Irgendeiner musste es machen. Ich nicht.«

»Mir haben Sie erzählt, Sie wissen nichts von einem Liebhaber Ihrer Frau«, sagte Yvonne.

»Hab ich nicht erzählt. Sind Sie wichtig? Was geht Sie das an? Nichts, oder?«

»Was wollte Steidl von Ihnen?«, sagte Max.

»Nichts.«

»Hat er Ihnen gesagt, dass er sich gerade mit Ihrem Sohn getroffen hat?«

»Tja.«

»Warum antworten Sie uns nicht?«

»Mach ich doch. Wer hat meine Frau umgebracht?«

»Haben Sie Ihre Frau ermordet, Herr Piers?«, sagte Max.

»Das hab ich schon zu Ihrer Kollegin gesagt, ich bin nicht schuld am Tod meiner Frau. Hat Ihre Kollegin Ihnen das nicht weitererzählt?«

»Warum hat Steidl Sie in der vergangenen Nacht angerufen?«, sagte Max.

Yvonne bewunderte seine Ruhe, sein unaufgeregtes, fast lässiges Nachbohren. Sie war kurz davor, das Zimmer zu verlassen.

»Er wollte was loswerden«, sagte Piers.

»Was wollte er loswerden?«

»Das wissen Sie doch alles, Sie haben mit meinem Sohn geredet. Ich muss jetzt rüber zu meiner Mutter, die hat eine lange Bahnfahrt hinter sich, und wir müssen einen Haufen Sachen besprechen.«

Max erwischte Piers' fahrigen Blick und schwieg. Piers schüttelte den Kopf. »Ist schon recht«, sagte er. »Er hat mir gesagt, Nina wär sein Kind, nicht meins. Hab ich zu ihm gesagt, das ist gut, muss ich weniger zahlen. Das war's. Hab mir eh so was gedacht. Und Nike hatte nie einen Zweifel dran. Am Anfang hab ich zu ihr gesagt, sie spinnt, aber dann hielt ich's für möglich, und nun? Die Wahrheit kommt immer raus.«

»Haben Sie sich mit Steidl gestern Nacht noch getroffen?«, sagte Yvonne. Sie hatte einen trockenen Hals und musste sich räuspern, was ihr peinlich war.

»Nein«, sagte Piers, »hab ich nicht. Wozu denn? Um ihm zu gratulieren? Dass er ein Kind in meine Frau reinmasturbiert hat? Glauben Sie, das hat irgendeine Bedeutung für mich?«

»Der Tod Ihrer Frau ist Ihnen egal«, sagte Yvonne. »Für Sie war sie sowieso schon gestorben.«

»Das ist drastisch ausgedrückt, Frau Kommissarin. Aber nicht verkehrt, gut getroffen. Ich hätt gesagt, sie war für mich nicht mehr präsent. Ich hab meinen Unterhalt bezahlt, fertig. Präsent war die Sonja ansonsten nicht mehr für mich. Deswegen bin ich auch ausgezogen.«

»Sie haben sich nicht scheiden lassen«, sagte Yvonne.

»Hab ich nicht, wollt ich noch. Ich erklär Ihnen jetzt mal was. Weil wir grad hier so beieinanderstehen und die Zeit vergeht. Obacht, ich werd das garantiert morgen nicht wiederholen. Falls ich überhaupt zu Ihnen komm, das weiß ich noch nicht, ich werd auf jeden Fall vorher einen Anwalt anrufen, ich lass mich doch nicht vorführen, ich hab niemandem was getan. Was die Sonja angeht, ist Folgendes: Ich hab sie geheiratet, und der Benny ist gekommen. Und da hab ich kapiert, dass das falsch war. Die Sonja hätt nie ein Kind kriegen dürfen. Warum? Sie kann sich nicht durchsetzen, sie ist zu schwach, zu nachgiebig, zu lasch, zu nett. Oder gleichgültig, weiß ich nicht. Ihre Mutter meinte immer, die Sonja lässt sich bloß treiben, die lebt so dahin und kümmert sich nicht. Das stimmt auch wieder nicht, sie kümmert sich schon, für den Benny hat sie immer gut gesorgt, da sag ich nichts.

Die Wohnung war immer ordentlich, sie hat die Wäsche besorgt und das Essen, alles. Auch den Buben. Der war gut versorgt. Aber die Sonja war nicht richtig da, sie hat was gemacht, aber sie war nicht voll dabei, nur so halb, so viertel. Als würd sie gleichzeitig was anderes machen, was man nicht sieht. Als hätt sie parallel ein unsichtbares Leben geführt. So war das. Und so was brauch ich nicht, ich brauch keine unsichtbare Frau neben mir, ich brauch eine, die man sieht, die man anlangen kann, die was darstellt, die ich spür, wenn ich auf ihr lieg. Das war bei ihr nicht so. Sie hat sich auch nicht gewehrt, sie war nicht zickig, das kann man ihr nicht vorwerfen. Wenn ich was von ihr wollt, hab ich's gekriegt. Sie hat sich nicht angestellt. Das wär auch schlecht gewesen, da hätten wir massiven Stress gehabt. War nicht. Sie war willig. Sie hat das auch freiwillig gemacht, ganz sicher, sie konnt sehr nett sein, sehr anhänglich sogar. Aber: abwesend.

Das hab ich schnell kapiert und hab's akzeptiert und hab mir gedacht, mal schauen. Dem Benny ging's gut, das war das Wichtigste.

Das mit der Nike hat sich so ergeben, sie war mal hier, wir waren allein, es war im Sommer, stickige Luft, ich hab mein Hemd ausgezogen, sie ihre Bluse, so fing das an. Hätt ich nicht gedacht. Die Frau ist über zwanzig Jahre älter als ich, an so was hab ich nie gedacht. Aber es ging. Und es ging weiter. War natürlich kompliziert, und ich dachte auch, es wär besser, die Sache zu beenden. So was denkt sich leicht. Dann trifft man die Frau, schaut sie an, und dann hat der Kopf nichts mehr zu melden. Das war fast eine Abhängigkeit eine Zeitlang, ich hab jede freie Minute mit der Nike verbracht. Wenn ich zwischendurch Luft hatte, bin ich nach Forstenried rausgefahren und hab eine Nummer geschoben. Sie ist ja freiberuflich, die kann schnell mal weg von einem Termin. Hat alles gut gepasst.

Ich hab schon überlegt, ob die Sonja was merkt. Hat sie nicht, das weiß ich, sie hat mit Steidl was angefangen, weil ich so viel weg war, nicht, weil sie sich rächen wollt oder mir was heimzahlen. So jemand ist die nicht. Der Steidl hat sie rumgekriegt. Sie geht gern in die Kneipe und spielt Dart, hab ich nie verstanden, was daran lustig ist. Soll sie machen. Ich war unterwegs. Und der Benny war versorgt, der ist ja nicht verwahrlost deswegen.

Ich bin dann ausgezogen, weil mir das alles zu trübsinnig war hier. Die Sonja wollt auch, dass ich auszieh. Hab ich gemacht. Komisch: kaum hatte ich wieder eine eigene Bude, ging die Sache mit Nike zu Ende. Als wär der Witz weg. Das ist auch falsch gesagt, ich hab die Sonja ja nicht absichtlich mit ihrer eigenen Mutter betrogen, so was macht man nicht. Das Geheimnis war wahrscheinlich doch das Beste dran. Die Romantik halt. War schon gut, mit der Nike. Vorbei.

Zurzeit bin ich mit einer Kfz-Mechanikerin zusammen, die schraubt auch nicht schlecht rum. Passt schon so. Haben Sie das jetzt verstanden? Dass die Sonja von dem Steidl ein Kind gekriegt hat, ist für mich kein Grund, sie umzubringen. Wie der Steidl das findet, dass er eine Tochter hat und nichts davon weiß: keine Ahnung. Müssen Sie ihn fragen. Belustigt klang er nicht am Telefon.«

»Wie klang er denn?«, fragte Max.

»Eher sauer«, sagte Piers. »Eher wie jemand, der in der Früh aufwacht und feststellt, dass er ein Käfer ist.«

»Er war wütend«, sagte Yvonne.

Piers zeigte zur Tür und machte sich dann auf den Weg. »Wütend ist gut gesagt. Er hat ziemlich laut geredet. Ich glaub, er hat allen Ernstes gedacht, ich helf ihm, die Sonja fertigzumachen. Ich hab mir das angehört und ihm gesagt, er soll sich wieder beruhigen. Mehr war nicht.«

»Er wollte Sonja noch in der Nacht zur Rede stellen«, sagte Yvonne.

»So klang das.«

»Und mit wem haben Sie sich dann getroffen?«, sagte Max.

»Mit niemand.« Er öffnete die Tür, schüttelte den Kopf und drehte sich noch einmal um. »Dass Sie das nicht kapieren! Ich hab mich mit niemand getroffen, weil mein Sohn schon weg war aus der Kneipe. Der Steidl hat mir gesagt, wo die zwei waren, und da bin ich hingefahren. Fehlanzeige. Ich hab ein Bier getrunken und bin wieder zur Claudia.«

»Ihre Freundin kann nicht bestätigen, wann Sie nach Hause gekommen sind«, sagte Yvonne.

»Das braucht die auch nicht, weil's eh stimmt. Ist das damit morgen früh erledigt?«

»Nein«, sagte Max. »Sie haben morgen früh einen Termin bei uns.«

»Mehr gibt's nicht zu sagen, glauben Sie's mir.«

»Es gibt immer mehr zu sagen«, sagte Max.

»Das sagt die Claudia auch immer.«

»Trauen Sie Steidl so eine Tat zu?«, sagte Yvonne.

Zum ersten Mal sah Piers sie länger als ein paar Sekunden an. »So eine Tat? Die trau ich jedem zu. Jedem von uns dreien. Ich bin Taxifahrer, ich hab oft Leute hinten sitzen, da fragt man sich, warum die noch niemand erledigt hat, und zwar auf die ganz harte Tour. Wenn ich die im falschen Moment erwischen würd, garantier ich für nichts. Es gibt Menschen, bei denen rastet alles in dir aus, wenn du denen begegnest, du kannst dich nicht mehr beherrschen, du musst die beseitigen, du willst die bloß noch loswerden, abschaffen, ausradieren. Das gibt's. Und das kann jedem von uns passieren, egal, ob du Taxifahrer bist oder Polizist, der Beruf spielt keine Rolle, da geht's ums blanke Menschsein. Und der Mensch heißt nicht Mensch, weil er denkt und fühlt, oder wie das in dem Lied heißt, der heißt Mensch, weil er zu feige ist, sich Viech zu nennen. Mensch klingt so menschlich. Oder?«

Er schlug gegen den Türrahmen und ging zurück in die Küche.

In Max' Sakkotasche klingelte das Handy.

Dienstag, 22.58 Uhr

Im Dunkeln und auf die Entfernung konnte Max nur die Umrisse der drei Personen erkennen, die in der Durchfahrt standen und auf ihn und Yvonne warteten. Er blieb einen Moment stehen, während seine Kollegin weiterging, und verscheuchte die unnötigen Gedanken aus seinem Kopf.

Es war in Ordnung, dass sein Vater jetzt hier war, sagte Max zu sich, er hatte die größere Erfahrung und das bessere Gespür in zweifelhaften Situationen. Außerdem hatte Präsident Schumacher den Einsatz abgesegnet. Und das Gefüge der Familie Piers ging ihn erst später wieder etwas an, sagte Max zu sich, jetzt zählte jedes Wort des Zeugen. Und wenn Yvonne recht hatte – und es fiel Max schwer, ihr nicht recht zu geben –, kämen sie gleich einem Serientäter näher als je zuvor und würden endlich einen konkreten Hinweis erarbeiten, auf dem sie die bisher so frustrierend verlaufene Fahndung aufbauen konnten.

Vorher musste er dringend allein mit seinem Vater sprechen.

»Wie geht's Mama?«

Endres, der Zeuge Finke und Yvonne überquerten bereits die Straße und gingen in die Richtung, aus der Finke in der letzten Nacht gekommen war.

»Gut«, sagte Jonas Vogel.

»Hat sie was ersteigert?«, sagte Max.

»Nein.«

»Woher weißt du das?«

»Warum fragst du mich das, Maxl?«

»Weil du mich anlügst.«

»Ich lüg dich nicht an«, sagte Jonas Vogel.

»Katrin hat mich vorhin auf dem Handy angerufen, sie war total aufgelöst, Mama ist immer noch nicht zu Hause. Und du hast nicht mit ihr gesprochen.«

»Ich habe mit Kranich gesprochen, er hat mir gesagt, dass deine Mutter nichts ersteigert hat.«

»Und wo ist sie dann jetzt?«, sagte Max laut. Yvonne drehte sich zu ihm um.

»Sie wird ins Kino gegangen sein«, sagte Vogel. »Das macht sie doch öfter.«

»Es ist nach elf, so spät kommt sie sonst nie heim.« Max wusste, dass es keinen Sinn hatte, so mit seinem Vater zu sprechen, aber er konnte nicht anders, es war wie ein Zwang. Als müsste er mit doppelter Stimme sprechen, weil seine Mutter viel zu selten den Mund aufmachte und seinem Vater die Meinung ins Gesicht sagte. Im Grunde hatte sie ganz damit aufgehört. Sie ließ ihn gewähren, und er nutzte ihre Nachgiebigkeit aus, jeden Tag, auch nachts, wie jetzt.

»Wenn wir hier fertig sind, fahre ich nach Hause«, sagte Vogel.

»Du bist so gemein, Papa.«

»Das bin ich nicht.«

»Du lässt die Mama verhungern.« Max hatte keine Erklärung für diesen Satz, er war ihm rausgerutscht, wie so viele eigenartige Sätze im Lauf des vergangenen Jahres, sie sprangen von seinem Herzen direkt auf seine Zunge, und er war machtlos dagegen.

»Jetzt beginnt die Phase der Entblößung«, sagte Jonas Vogel. Das war ein Satz, den er während seiner aktiven Zeit in der Mordkommission benutzt hatte, und oft war der Fall dann tatsächlich nach kurzer Zeit abgeschlossen. Der »Seher« hatte wieder Dinge erkannt, die seinen Kollegen verborgen geblieben waren. Wenn er gefragt wurde, wie er darauf gekommen sei, wurde er wortkarg und wies seine Kollegen auf die noch unbearbeiteten Akten hin.

»Warum bist du dir so sicher?«, sagte Max.

»Den Grund kennt nur der Hund.« Vogel lächelte.

Dieser Ausspruch stammte noch von der Gräfin Rosenblatt. Sie hatte ihn immer dann benutzt, wenn sie wieder einmal verständnislos das kuriose Verhalten ihres Bobtails beobachtete.

»Wo ist Roderich?«

»Sitzt im Auto und behält seine Spuren für sich«, sagte Vogel und klopfte mit dem Aluminiumstab auf den Asphalt.

8

Dienstag, 13. Januar, 23.21 Uhr

Der neunundvierzigjährige Jakob Finke trug einen weißen Anorak mit Kunstpelzkragen, eine schwarze Hose
und schwarze Halbschuhe. Mit langsamen Schritten ging
er vor den Kommissaren her, den Blick auf den gegenüberliegenden Bürgersteig gerichtet. Alle fünf Meter
blieb er stehen und drehte sich um. »Ist schon schwer für
mich«, sagte er und schaute Vogel an. Dass dieser blind
war, irritierte ihn immer noch.

»Wir haben gut Zeit«, sagte Ludger Endres. »Haben
Sie gestern Nacht auch so oft nach drüben gesehen?«

»Bitte? Weiß ich nicht mehr. Kann sein.«

»Waren Passanten unterwegs?«, fragte Max.

»Wenig. Kaum. Ich muss auch zugeben, dass ich was
getrunken hab und vielleicht nicht mehr ganz aufmerksam war.«

»Das macht nichts«, sagte Vogel und trat einen Schritt
auf den Mann zu. Finke kniff die Augen zusammen. Die
blauen Augen des ehemaligen Kommissars verwirrten
ihn, je näher sie ihm kamen. »Konzentrieren Sie sich auf
den Moment, als Sie auf Höhe der Durchfahrt waren
und darauf, was Sie kurz vorher gehört oder gesehen
haben.«

»Kurz vorher, ja«, sagte Finke. Er sah wieder zu dem

fünfstöckigen Haus auf der anderen Seite und schien zu überlegen, was er als Nächstes tun sollte.

»Gehen Sie ruhig weiter«, sagte Vogel.

»Ja.« Finke ging weiter und blieb nach wenigen Metern abrupt stehen. »Die Frau hat geschrien, nur kurz, sie hat geschrien, dann war sie wieder stumm.«

»Hat sie geschrien, bevor sie hingefallen ist«, sagte Endres, »oder danach oder währenddessen?«

Finke stand aufrecht da, fast kerzengerade, die Arme an den Körper gedrückt. Er war einen Kopf kleiner als seine Begleiter und sah aus wie einer, der auf offener Straße salutierte. Beim Gehen wirkten seine Bewegungen eckig und ungelenk, und wenn er innehielt, hätte man meinen können, er würde schlagartig einfrieren. »Ich hätte nicht bei Ihnen anrufen dürfen«, sagte er. »Ich kann Ihnen nichts bieten, mir brennt der Kopf.«

»Haben Sie Kopfschmerzen?«, sagte Yvonne.

»Nein. Ich versuche mich zu erinnern, das ist alles. Aber ich sehe nichts, ich bin ganz blind beim Schauen.« Er zuckte zusammen und wandte sich an Jonas Vogel. »Verzeihung, so hab ich das nicht gemeint.«

»Ich bitte Sie«, sagte Vogel. »Meine Kollegin und ich gehen jetzt rüber und Sie dirigieren uns. Sagen Sie uns, was wir tun müssen.«

»Ja.«

Vogel gab seinem Sohn den Aluminiumstab, hakte sich bei Yvonne unter und sie überquerten die Straße. Vor der Kreuzung zur Schellingstraße parkten zwei Streifenwagen, jeder auf einer Seite der Luisenstraße. Auf Anweisung von Endres waren die Polizisten nicht ausgestiegen. Vor dem Durchgang blieben Vogel und Yvonne stehen.

»Wie weit sollen sie in den Innenhof reingehen?«, sagte Max.

»Ja«, sagte Finke. »Weiter.«

Yvonne führte Vogel auf das Rückgebäude zu. Von der gegenüberliegenden Straßenseite aus waren im Dunkeln nur noch Umrisse zu erkennen.

»Hat die Frau jetzt geschrien?«, sagte Endres.

Mit zusammengekniffenen Augen schaute Finke nach drüben, reglos.

Max stellte sich neben ihn. »Tragen Sie normalerweise eine Brille?«

»Keine Brille.« Er zögerte. »Jetzt, jetzt stolpert die Frau.«

»Und dann?«, sagte Max.

»Dann steht der Mann da und mehr habe ich nicht gesehen.«

»Die Frau stolpert!«, rief Max mit den Händen am Mund.

Yvonne fuchtelte mit den Armen und sackte zu Boden. Weil hinter einem Fenster im Parterre Licht brannte, das gedämpft auf den Hof fiel, konnte man die Bewegungen der Kommissarin auf die Entfernung halbwegs erkennen. Nachdem Vogel sich vor sie hingestellt hatte, waren nur noch ihre Beine sichtbar.

»Ist das das Bild, das Sie gesehen haben?«, sagte Endres.

»Ja«, sagte Finke und starrte weiter über die Straße.

»Und wann hat die Frau geschrien?«

»Jetzt.«

»Jetzt?«

»Ja«, sagte Finke, röchelte und wandte sich nach links. »Ich ging weiter, hier entlang und nach Hause.«

»War der Mann so groß wie Herr Vogel?«

»Ja.«

»Nicht kleiner oder größer?«

»So groß schon und er hatte einen Mantel an.«

»Wie Herr Vogel.«

»Ja«, sagte Finke. »Und die Stimme der Frau war hoch.«

»Wie lange, schätzen Sie, hat der Schrei gedauert?«

»Eine Sekunde. Höchstens eine Sekunde.«

»Und die Frau schrie, als sie schon am Boden lag.«

»Ja.«

»Sie haben gesehen, wie sie stolpert«, sagte Endres. »Und dann hat sie geschrien.«

»Dann hat sie geschrien.«

»Und vorher haben die beiden gestritten«, sagte Max, der allmählich den Eindruck hatte, der Mann wolle sich wichtigmachen. Solche Zeugen tauchten bei jeder Mordermittlung auf.

»Gestritten. Ich habe sie streiten hören. Im Durchgang. Ich kam näher, da hörte ich zwei Menschen streiten, Mann und Frau, die Stimmen waren laut und haben fast gehallt. Ich ging weiter, kam an dieser Stelle vorbei, sah hinüber und da stürzte die Frau und schrie.«

»Und Sie gingen weiter«, sagte Max.

»Ja.«

»Sie hätten warten und möglicherweise hinübergehen müssen. Die Frau brauchte dringend Ihre Hilfe.«

»Wieso?«

»Wieso?«, sagte Max. Vielleicht, dachte er, war der Mann nicht nur ein Wichtigtuer, sondern ein wichtigtuerischer Dummkopf.

»Weil die Frau kurz darauf ermordet wurde, Herr Finke.«

»Ja.« Er senkte den Kopf. »Ja. Ich hätte helfen müssen.«

»Welche Farbe hatte der Mantel des Mannes?«, sagte Endres.

»Grün vielleicht.« Finke hob den Kopf. »Das ist vielleicht eine Einbildung, aber ich dachte, bevor ich zu Ihnen kam, dass ich einen grünen Mantel gesehen habe.«

»Einen Lodenmantel.«

»Einen Lodenmantel, ja. Ich weiß nicht.«

Entsprechende Faser- oder Stoffreste hatten die Spurensucher nirgendwo entdeckt, was nichts bedeuten musste, dachte Endres.

»War der Mann dick?«, sagte Max.

»Glaub ich nicht«, sagte Finke.

»Warum glauben Sie das nicht?«

»Dann hätte er von hinten breiter ausgesehen.«

»Das kann man nicht wissen, in der Dunkelheit«, sagte Endres.

»Sie haben recht. Was soll ich noch sagen? Ich kann Ihnen nicht helfen. Ich kam nur zufällig vorbei, ich war auf dem Heimweg vom Bahnhof, wie ich gesagt habe. Ihr blinder Kollege und die Frau können wieder herkommen.«

»Was für Haare hatte der Mann?«, fragte Max.

»Haare? Dunkle.«

»Lange Haare, kurze Haare, sehr kurze Haare, so wie Sie.«

»Meine Haare sind nur noch Reste«, sagte Finke. Max hatte den Eindruck, der Mann würde lächeln, zum ersten Mal, seit er ihm begegnet war. »Normal lange Haare. Ja. Unauffällig. Ich kann …« Er stockte, als er Vogel und Yvonne über die Straße kommen sah, er hatte sich so sehr auf die beiden anderen Männer konzentriert, dass er nichts anderes um sich herum wahrgenommen zu haben schien.

Bis Vogel wieder nach seinem Stock griff und den Kopf zu ihm drehte, sagte Finke kein Wort. »So ein Aufwand wegen mir.«

»Der Aufwand ist wegen der ermordeten Frau«, sagte Vogel. »Wir sind Ihnen dankbar, dass Sie sich Zeit dafür genommen haben. Bitte denken Sie noch einmal genau nach: War da noch jemand in der Nähe der Einfahrt? In der Nähe des Hauses. Jemand, der es eilig hatte oder besonders langsam gegangen ist. Jemand, der wirkte, als habe er kein Ziel.«

»Kein Ziel?« Finke riss die Augen auf, ohne dass den anderen klar wurde, wieso. Er bewegte den Oberkörper mehrmals hin und her, und der Anorak raschelte. Vogel neigte den Kopf, um besser hören zu können. »Da war niemand da drüben. Ich hab niemand gesehen, weit und breit.«

»Sie haben gesagt, die Frau sei gestolpert.« Vogel klopfte mit der Kugelspitze seines Stocks auf den Boden, zwei Mal, mit ernstem Gesicht. »Wenn sie gestolpert ist, dann muss sie vorher gelaufen, gegangen sein. Haben Sie die Frau gehen sehen?«

»Ja«, sagte Finke. »Ein paar Schritte. Dann ist sie gestolpert. Dann stand der Mann vor ihr, wie Sie vorhin.«

»Und sie hat geschrien«, sagte Vogel.

»Geschrien hat sie auch.«

Nach einem Schweigen sagte Endres: »Sollen wir Sie nach Hause fahren, Herr Finke?« Aus seiner Stimme klang unüberhörbar Enttäuschung heraus.

»Ich gehe zu Fuß, ich gehe viel zu Fuß, ich gehe gern.«

»Würden Sie noch ein Bier mit mir trinken?«, sagte Vogel. Unwillkürlich öffnete Max den Mund, um etwas zu erwidern. Doch er brachte kein Wort zustande.

»Mit Ihnen?« Verwirrt blickte Finke von einem zum anderen. Endres hatte sofort beschlossen, sich jede Bemerkung zu verkneifen.

»Die ganze Zeit«, sagte Vogel und drehte den Kopf zur

Straße, »beschäftigt mich der Gedanke, dass Sie noch etwas bemerkt, gehört, wahrgenommen haben und Ihnen das noch nicht bewusst geworden ist. Wir finden es raus. Außerdem trink ich nicht gern allein ein Bier.« Während Finke glaubte, der ehemalige Kommissar habe die Orientierung verloren und spräche deshalb ins Leere, rekonstruierte Vogel lediglich die Stelle, wo das Dienstfahrzeug aus dem Präsidium stand, in dem Roderich wartete.

Max griff nach dem Arm seines Vaters. »Ich möcht, dass wir nach Hause fahren, zur Mama. Okay?«

»Fahr du, Maxl.« Vogel drehte den Kopf zu Finke, der vor Verblüffung wieder seine steife Haltung annahm. »Haben Sie Lust? Zwei Biere, mehr nicht. Ich schlage das Lamms am Sendlinger Tor vor, da ist es nicht so voll und laut um diese Zeit.«

»Ja«, sagte Finke. Begeistert klang die Antwort nicht.

»Die Streife soll uns fahren«, sagte Vogel. »Ich hol Roderich.«

Endres erwartete eine Reaktion von Yvonne, doch die Kommissarin zuckte mit der Schulter. »Natürlich«, sagte er stockend. »Du bist ja nicht mehr im Dienst. Trotzdem wäre es vielleicht … Machen wir morgen früh weiter. Ist in Ordnung.«

»So geht das nicht, Papa«, sagte Max und packte seinen Vater fester am Arm. »Was du da tust, ist total daneben. Was soll das? Du fährst jetzt mit mir nach Hause.«

»Sorg dich nicht, Maxl«, sagte Vogel. »Wir versacken schon nicht.«

Finke hörte zu und trat von einem Fuß auf den anderen. Er hatte sich aufs Alleinsein gefreut, er war seit zwei Uhr nachmittags in der Arbeit gewesen und konnte keine Menschen mehr sehen. Und nun überredete ihn ein Blinder zu einem Bier. Davor fürchtete er sich ein wenig.

Blinde Menschen, die noch dazu keine dunkle Brille trugen, lösten seit jeher eine unheilvolle Stimmung in ihm aus. Das wollte er nicht. Er hätte nie hierherkommen dürfen, dachte er. Er hätte nie bei der Polizei anrufen dürfen, das war ein Fehler gewesen. Er hatte mit dem ganzen Aufwand nicht das Geringste zu tun.

»Ich müsste schnell meine Freundin anrufen«, sagte er zaghaft zu Endres, weil Vogel schon über die Straße und auf einen grauen Audi zuging.

»Machen Sie das«, sagte Endres. »Wir sind fertig. Nochmals danke. Vielleicht helfen uns Ihre Beobachtungen einen kleinen Schritt weiter.« Er gab Finke die Hand. »Sie können hier stehen bleiben, der Streifenwagen kommt her. Auf Wiedersehen.«

»Wiedersehen«, sagte auch Max, gab Finke aber nicht die Hand, sondern nickte ihm nur zu, ebenso wie Yvonne.

»Alles Gute«, sagte sie.

»Danke. Wir müssen an einer Telefonzelle halten.«

Überrascht drehte Max sich noch einmal um. »Haben Sie kein Handy?«

»Nein.«

»Mein Vater hat auch keins«, sagte Max. Gemeinsam mit Yvonne folgte er Endres zum Wagen, aus dem Roderich gerade umständlich herauskletterte. Überglücklich bellte er heiser sein Herrchen an. Finke brachte seinen Blick nicht von den beiden.

Mittwoch, 14. Januar, 0.03 Uhr

Im ersten Augenblick hielt Katrin Vogel die alte Frau mit
den gelockten grauen Haaren, die gebeugt zur Tür he-
reinkam, für eine Fremde. Es war keine Fremde, sondern
ihre Mutter, und sie war auch nicht alt, sondern zwei-
undfünfzig. Sie trug einen schwarzen Wintermantel und
presste ihre braune Lederhandtasche an ihren Bauch und
schwankte und betrachtete mit trübem Blick die Gegenstände in der Küche.

Katrin saß am Tisch und hatte ihr Handy vor sich
liegen. Als sie den Schlüssel im Haustürschloss gehört
hatte, war sie aufgesprungen. Dann hatte sie sich wieder
hingesetzt. Sie war wütend und müde, ratlos und über die
Maßen enttäuscht. So heftig wie nie zuvor trieb sie die
Vorstellung um, auszuziehen, ein Apartment zu nehmen
und irgendwo in der Stadt ein kleines Studio zu mieten
und endlich Abstand zu den wahnwitzigen Dingen zu
gewinnen, die sich täglich in ihrer Familie ereigneten.

Ihr Vater raste als Schwerstbehinderter Verbrechern
hinterher, ihr Bruder rackerte sich in seinem Büro ab, um
zu beweisen, dass er den Aufgaben in der Mordkommission gewachsen war. Ihre Mutter irrlichterte durch die
Gegend, niemand wusste, was sie den ganzen Tag über tat
und dachte, und es interessierte auch niemanden, außer
ihr, der kleinen Tochter, die jeder für eine arme Künst-
lerin hielt, die schon noch begreifen würde, dass sie in
ihrem erlernten Beruf als Schreinerin besser aufgehoben
war als auf irgendwelchen Bühnen und in verstaubten
Kellerstudios, wo sie Lieder schrieb, die niemand pro-
duzieren, geschweige denn kaufen wollte.

Sie musste hier weg, das stand fest, sie war achtund-
zwanzig, sie hatte ein Recht auf ein eigenes Leben, auch

wenn ihr Vater behindert und ihre Mutter vermutlich depressiv und alkoholkrank war.

Katrin roch die Bierfahne ihrer Mutter und wusste nicht, was sie sagen sollte. Esther Vogels dünner Körper bewegte sich unmerklich vor und zurück, ihre Lippen zuckten, ihre Augen waren glasig und stumpf. Sie sah ihre Tochter an und schien durch sie hindurchzuschauen.

Der Anblick ihrer Mutter erbarmte Katrin und ekelte sie gleichzeitig an. Alles, was sie hätte sagen wollen, wäre beleidigend gewesen, also schwieg sie und drehte den Kopf zur Seite und wünschte, sie hätte bei Silvi übernachtet.

Fünf Minuten lang stand Esther Vogel in der Küche, drückte die Tasche an sich und schwankte. Keine der beiden Frauen brachte ein Wort heraus.

Schließlich stand Katrin auf, nahm das Handy und ging an ihrer Mutter vorbei hinaus und in ihr Zimmer, das im Erdgeschoss lag.

Als Esther Vogel hörte, wie ihre Tochter die Tür von innen absperrte, ging sie, ohne den Mantel aufzuknöpfen, zum Tisch, setzte sich auf den Stuhl, auf dem Katrin gesessen hatte, und stellte ihre Tasche neben sich auf den Boden. Dann fing sie an, mit beiden Händen auf den Tisch zu trommeln, lauter, schneller, mit immer größeren Schmerzen in den Fingern.

Mittwoch, 0.25 Uhr

Er war schon an dem Lokal vorbeigefahren, da bemerkte er in der Reihe der auf der rechten Seite der engen Schlesierstraße geparkten Autos einen freien Platz. Er trat auf die Bremse und stellte den weißen Peugeot in die Lücke.

Drei Minuten später brachte ihm Herr Wang, der Wirt, ein Bier.

»Zum Wohl, Kommissar Vogel. Ihr Vater ist heute nicht dabei?«

»Doch«, sagte Max. »Aber er will lieber unsichtbar bleiben.«

»Haha.« Herr Wang ging zurück zu seinem Tisch, an dem wie immer seine Frau saß und nie lächelte.

Nachdem er das Glas zur Hälfte geleert hatte, erschreckte Max der Gedanke, dass sein Vater jedes Mal, wenn er im »Wangs« an der Balanstraße, zehn Minuten von seinem Elternhaus entfernt, einkehrte, mit am Tisch saß. Egal, ob er körperlich anwesend war oder nicht. In diesem chinesischen Restaurant besprachen sie die wichtigen Dinge, ihre Treffen empfand Max als die größtmögliche Nähe zwischen sich und seinem Vater. Das war schon früher so gewesen, als er noch im Hundertzwölfer bei den Todesermittlern Betriebsunfälle, fahrlässige Tötungen und Selbstmorde untersuchte, und wenn der Verdacht auf ein vorsätzliches Tötungs- oder Todesfolgedelikt aufkam, die Mordkommission einschaltete, die sein Vater als Erster Kriminalhauptkommissar leitete.

Oft saßen sie spät nachts noch bei Herrn und Frau Wang und tauschten Meinungen aus, die im täglichen Geschäft eher unerwünscht und auch überflüssig waren. Aber ein Kommissar, der während einer Ermittlung nicht auch eine Meinung entwickelte – unabhängig von offenkundigen Fakten, Indizien oder Beweisen –, lief Gefahr, tiefere Zusammenhänge zu übersehen, die für die Aufklärung möglicherweise entscheidend sein konnten. Diese Haltung hatte sein Vater jedem neuen Kollegen vermittelt, und Max verteidigte die Einstellung gegenüber allen Kritikern im Dezernat.

Der Seher übersieht nichts, dachte Max und hob sein leeres Glas, und Herr Wang machte sich auf den Weg zum Tresen. Trotzdem hätte Max seinen Vater jetzt gern zur Rede gestellt. Wegen seines Verhaltens zu Hause, das Max unzumutbar fand, nicht nur für seine Mutter, und wegen seines eigenwilligen Auftretens im Fall der getöteten Sonja Piers. Vielleicht erinnerte sich der Zeuge tatsächlich an weitere Details, wenn man ihn zwang, sich noch besser zu konzentrieren. Immerhin war er bisher die einzige Person, die den Täter zumindest aus der Ferne gesehen hatte. Aber dazu wäre auch morgen noch Zeit gewesen.

»Zum Wohl, Kommissar Vogel.«

»Danke.« Max wischte sich über die Augen und hatte ein schlechtes Gewissen, weil es schon so spät und er der letzte Gast war. Er dachte an den Liebhaber der toten Sonja Piers, Frank Steidl, und dessen Palast aus Verlogenheit, in dem er so selbstgefällig hauste. In wenigen Stunden, davon war Max Vogel überzeugt, würde er ihn daraus vertreiben und ihm ein durchaus aufgeräumtes Zimmer im Untersuchungsgefängnis Stadelheim zur Verfügung stellen.

»Noch eins, Kommissar Vogel?«

»Ich weiß nicht.«

»Eins für unsichtbaren Vater, haha.«

Mittwoch, 0.43 Uhr

Sie weinte nicht mehr, sie schniefte leise und presste die Augen fest zu.

»Schlaf«, sagte ihre Großmutter, die am Bettrand saß und über den Kopf des kleinen Mädchens strich, minutenlang, geduldig und sanft.

»Du?«, sagte Nina mit dünner Stimme ins Kissen. »Ich muss dich was fragen.«

»Frag mich was.«

»Ist da, wo du herkommst, ein Meer?«

»Weißt du nicht, wo ich herkomme?«

»Aus Altenburg«, sagte Nina und schniefte.

»Aus Oldenburg«, sagte Roswitha Piers. »Weißt du, wo Oldenburg liegt?«

»Ganz weit im Norden.«

»Das stimmt. In der Nähe von Bremen. Das Meer ist noch ein Stück weg.«

»Weit weg?«

»Nicht weit. Wir haben sogar einen Hafen für Frachtschiffe.«

»Für Segelschiffe auch?«

»Nein. Schlaf jetzt, Nina.«

Später, im Traum, saß sie auf einem Felsen und wollte die Augen aufmachen. Doch der Wind war so stark, dass sie es nicht schaffte. Sie schaffte es einfach nicht, die Lider zu heben, und sie wurde zornig und immer zorniger. Beim Aufwachen hatte sie alles vergessen.

9

Mittwoch, 14. Januar, 0.52 Uhr

Nach dem ersten Bier wurde Jakob Finke gesprächiger. Der Kommissar hörte ihm zu, und er hörte mehr als die Worte, die der Mann mit einer seltsam zitternden Stimme aussprach. Dieses Zittern war Jonas Vogel schon in der Luisenstraße aufgefallen, da dachte er noch, es käme von der Kälte oder der Unsicherheit. Inzwischen glaubte er etwas anderes herauszuhören. Die Abwesenheit der wahren Stimme. Die Stimme, die Finke benutzte, kam Vogel ungeübt vor, wie abgelauscht und mühsam antrainiert.

»Viel haben Sie nicht von mir erfahren.«

»Doch«, sagte Vogel. »Wir können die Zeit eingrenzen, wir haben eine ungefähre Vorstellung vom Aussehen des Mörders.«

»Ja.« Finke trank einen Schluck und traute sich nicht, seinem Gegenüber ins Gesicht zu sehen. Die blauen wässrigen Augen erschreckten ihn mehr als zuvor, er verhaspelte sich deswegen sogar beim Sprechen. Das war ihm unangenehm, wie sein Hiersein überhaupt. Die ganze Zeit fragte er sich, wieso er sich nicht getraut hatte, nein zu sagen. Er hatte alles getan, was nötig war. War es überhaupt nötig gewesen, fragte er sich, oder hatte er einen Fehler begangen, der nie wieder zu korrigieren wäre?

»Was treibt Sie um?«, sagte Jonas Vogel. Seine Fähigkeit, Stimmen zu sezieren wie ein Pathologe einen Corpus, hatte seine Kollegen immer wieder verblüfft und manchmal beeindruckt, was aber seltsamerweise nicht dazu geführt hatte, dass sie seinen Spitznamen änderten. Er blieb »Der Seher«, und seine Versuche, diese Bezeichnung aus der Welt zu schaffen, scheiterten schon an der Hartnäckigkeit von Journalisten. »Sagen Sie mir, was Sie noch gesehen haben.«

»Nichts und niemand«, sagte Finke. Er hatte den Reißverschluss seines Anoraks geöffnet, behielt die Jacke jedoch an, obwohl es warm in dem Kellerlokal war. Außer Vogel und Finke saßen noch eine Handvoll Gäste im »Lamms«, jeder für sich, stumm und unscheinbar. Aus den Lautsprechern klang Schlagermusik, ein Geruch nach Pommes frites und Curry hing in der Luft. Vogel wusste, dass auch seine Frau hier gelegentlich einen Wein trank, ohne ihn, allein am Tisch, stumm. Das hatte sie ihm mit einem Unterton von Trotz erzählt, und die Traurigkeit in ihrer Stimme war nicht zu überhören gewesen.

»Es waren noch Leute unterwegs«, sagte Vogel. Vom Boden drang ab und zu ein schweres Schnaufen herauf. Roderich lag unter einem Stuhl und träumte vielleicht. »Das Restaurant an der Ecke hatte noch geöffnet, außerdem ist in der Nähe eine Bushaltestelle. Irgendjemand muss Ihnen begegnet sein.«

»Ich habe nicht darauf geachtet.«

»Möchten Sie etwas essen?«, sagte Vogel.

»Nein.«

»Ich bestelle mir eine Kleinigkeit. Was ist?«

»Bitte sehr?«

»Sie starren mich an, Herr Finke.«

»Ertappt. Ja. Entschuldigen Sie. Ich bewundere Sie,

glaube ich. Wenn ich blind wäre, würde ich ... Das ist unvorstellbar.«

»Ich hatte einen Unfall, der Sehnerv ist irreparabel durchtrennt. Ich lebe aber weiter.«

»Ja. Sie sind sogar als Polizist tätig.«

»Beunruhigt Sie das?«

Finke zwinkerte mit dem rechten Auge, er konnte nicht mehr damit aufhören. Je länger der Kommissar nichts sagte, desto zwanghafter wurde das Zwinkern. Finke hielt sich das Auge zu. Als er die Hand wegnahm, zwinkerte er weiter.

»Was ist mit Ihnen?«, sagte Vogel.

»Ich habe was im Auge. Ist gleich vorbei.«

»Sind Sie gelernter Kellner?«

»Ja. Nicht ursprünglich. Ich habe eine Ausbildung absolviert, verspätet, mit Anfang vierzig. In einem Hotel, im Blauen Bock am Sebastianseck. Ein halbes Jahr habe ich nur gelernt und mir alles erklären lassen, ich wollte gut werden.«

»Was haben Sie vorher getan?«

Unaufhörlich rieb Finke mit dem Zeigefinger in seinem rechten Auge, es kam ihm vor, als würde sein Kopf kribbeln, sein Nacken, als müsse er so lange weiterreiben, bis sein ganzer Körper auf diese angenehme, erregende Weise zu jucken anfing. »Lehrer. Ich war Lehrer in einer Grundschule. Feldafing am Starnberger See. Acht Jahre. Das war eine wichtige Zeit. Ich habe sie freiwillig beendet.«

Diesen Satz hatte er nicht sagen wollen. Er war kurz davor, eine Erklärung abzugeben, als die Bedienung an den Tisch kam. Über das Auftauchen der Frau in der roten Bluse und dem schwarzen Rock erschrak Finke so sehr, dass er aufsprang und zu den Toiletten eilte. Vogel bestellte eine Suppe und einen weiteren Napf mit frischem Wasser für Roderich, lehnte sich zurück und wartete ab. Der Bobtail knurrte, und Vogel strich ihm über den Kopf. Nach fünf Minuten kam Finke zurück. Vogel roch die Seife an seinen Händen.

»Entschuldigung«, sagte Finke. »Das überkommt mich oft plötzlich, dann muss ich sofort los. Entschuldigen Sie.«

»Warum hat die Bedienung Sie erschreckt?«

»Ja. Das war doch nicht die Bedienung, ich hatte ein Bedürfnis ...«

»Sie hatten das Bedürfnis zu verschwinden«, sagte Vogel.

Nach einem Zögern sagte Finke: »Ja.«

»Unsichtbar zu sein.«

»Was meinen Sie?«

»Sie wollten unsichtbar sein.«

»Ich bin doch ... Bin ich das nicht sowieso ... für Sie?« Er meinte es nicht ironisch, und seine Stimme klang abweisend.

»Nein«, sagte Vogel. »Sie sind nicht unsichtbar für mich, höchstens im herkömmlichen Sinn, was meine Augen betrifft.«

»Sie sehen mit dem Herzen, wie der Dichter sagt.« Auf der Toilette hatte Finke beschlossen, kein weiteres Bier zu trinken, er wollte auch nicht warten, bis der Kommissar zu Ende gegessen hätte. Er musste raus aus diesem Keller, er brauchte Luft und seinen Weg und niemanden um sich herum.

»Ich sehe nicht mit dem Herzen«, sagte Vogel. »Ich sehe mit meinen Sinnen. Sie sind aus dem Lehrerberuf ausgeschieden, weil Sie die Kinder nicht mehr ertragen haben.«

Finkes Stimme nahm eine vollkommen andere Färbung

133

an. »Ich habe doch die Kinder nicht ertragen, ich habe die Kinder gefördert und motiviert. Wieso soll ich die Kinder nicht ertragen haben? Sind Sie betrunken? Sie reden Zeug daher. Mögen Sie keine Kinder? Sie haben doch einen Sohn, sind Sie neidisch auf den?«

»Wieso sollte ich neidisch auf meinen Sohn sein?«

»Weil er sehen kann zum Beispiel.« Finke hielt nach der Bedienung Ausschau. Ihm war heiß, er musste ins Freie.

»Manchmal vielleicht«, sagte Vogel mit gleichmütiger Stimme. »Das hält nicht lange an. Warum haben Sie Ihren Beruf an den Nagel gehängt?«

»Ärger mit den Kollegen und dergleichen. Jetzt fällt mir was ein. Da war ein Mann beim Haus.«

»In der Luisenstraße?«

»Ja. Er kam aus dem Eingang eines Ladens. Ich habe nicht auf ihn geachtet. Jetzt fällt mir ein, dass der Laden ja geschlossen hatte, er war also gar nicht im Laden, er stand da wohl nur auf der Schwelle. Mit einem Handy.«

»Haben Sie ihn telefonieren hören?«

»Nein. Das weiß ich nicht mehr. Nein. Telefoniert hat er nicht, er hatte ein Handy. Ein Mann mit einer Mütze.«

»Einer Wollmütze.«

»Ja. Wollmütze. Wie ... dieser Mann da hinten am Tisch. Deswegen habe ich jetzt wieder dran gedacht.«

»In der Luisenstraße haben Sie nicht an den Mann mit der Wollmütze gedacht.«

»Nein. Ihr Essen wird gebracht.« Er holte einen braunen Geldbeutel aus der Anoraktasche.

Die Bedienung stellte die Terrine vor Vogel und legte den in eine Papierserviette eingewickelten Löffel daneben. »Ihre Gulaschsuppe. Guten Appetit.«

»Ich möchte bezahlen«, sagte Finke.

»Sie sind eingeladen«, sagte Vogel.

»Das darf ich nicht annehmen.«

»Das dürfen Sie. Ich rufe Sie morgen an, das heißt, heute rufe ich Sie an.«

»Warum denn?«

»Damit Sie mir alles erzählen.«

»Was soll ich Ihnen denn erzählen?«

»Alles.« Vogel tunkte den Löffel in die Suppe. »Wollen Sie nicht doch was essen? Auch eine Gulaschsuppe?«

»Nein.« Finke stand auf. »Keine Gulagsuppe heute. Ich muss Sie jetzt allein lassen. Auf Wiedersehen.«

»Bis morgen«, sagte Vogel. Er hörte die Schritte des Mannes. Dann winkte er der Bedienung. »Sehen Sie den Mann da hinten mit der Wollmütze?«, fragte er sie.

»Da ist kein Mann mit einer Wollmütze, wie kommen Sie denn auf so was?«, sagte die Bedienung. »Eine Wollmütze hat höchstens Ihr Hund auf. Jetzt hab ich das Wasser vergessen! Ich komm gleich wieder.«

»Danke«, sagte Vogel. An die Fleischfasern, die bei jeder Gulaschsuppe zwischen seinen Zähnen hängen blieben, hatte er bei der Bestellung wieder nicht gedacht. Schon nach dem ersten Löffel pulte er mit der Zunge in seinem Mund herum.

Noch gab es nicht den geringsten Beweis, dachte er, nur eine Stimme, die nicht stimmte. Und das Wort Gulagsuppe.

Mittwoch, 7.25 Uhr

Auf die Frage, wo sie den gestrigen Tag verbracht hatte, erwiderte Esther Vogel: »In der Stadt.« Als ihr Sohn sie ein zweites Mal danach fragte, sagte sie wieder: »In der

Stadt.« Max stellte seine Tasse in die Spülmaschine, blieb an der Anrichte stehen und betrachtete seine Mutter. Ungekämmt und in einem braunen Morgenmantel saß sie am Tisch, nach vorn gebeugt, und stützte den Kopf in die Hände. Wann sie aufgestanden war, wusste Max nicht. Als er in die Küche kam, roch er den frischen Kaffee, und seine Mutter schenkte ihm sofort eine Tasse ein. Er setzte sich an den Tisch und sie führten einen sinnlosen Dialog.

»Was machst du heute?«, sagte Max.

Sie reagierte nicht, saß da und schaute vor sich hin.

»So geht's nicht weiter.« Er ging zum Tisch, nahm den Zettel, den sein Vater in der Nacht für ihn hingelegt hatte, und kaute eine Weile auf seinen Lippen. »Ich versprech dir, ich red noch mal mit Papa, zum zweihundertsten Mal, aber ich mach's. Heut noch.«

»Dein Vater schläft noch«, sagte sie, als habe ihr Sohn gemeint, er wolle jetzt gleich mit ihm sprechen. Im Flur wurde eine Tür geöffnet. Katrin kam aus dem Bad in die Küche. Sie hatte enge blaue Jeans und einen schwarzen Pullover an, ihre rotgefärbten Haare standen wild vom Kopf und ihre hohe Stirn glänzte. Max fand, sie sah aus wie eine Rocksängerin, aber das würde er ihr niemals sagen. Sie bestand darauf, Songwriterin genannt zu werden.

»Morgen, Schwester«, sagte Max.

»Morgen«, murmelte sie, stellte ihre gelbe Tasse in die Kaffeemaschine und drückte auf den Knopf. Ein lautes Geräusch ertönte, dann kam aus zwei Düsen die cremige Flüssigkeit. Katrin trank im Stehen. Sie sah ihre Mutter an, ihren Bruder, trank und schüttelte den Kopf. »Wie geht's deinen Händen, Mama?«

»Gut«, sagte Esther mit müder Stimme.

»Was ist mit den Händen?«, sagte Max.

»Unsere Mutter hatte heut Nacht einen Auftritt als Drummerin.«

»Red doch keinen Unsinn«, sagte Esther Vogel.

»Was sollte das Getrommel dann?«

Esther trank aus ihrer Tasse und schob sie über das blaue Wachstuch an den Rand des Tisches.

»Ich muss gehen«, sagte Max. »Das wird ein schwieriger Tag. Servus, Mama, servus, Kati.« Beide Frauen erwiderten seinen Gruß nicht, und er überlegte kurz, ob er noch etwas sagen sollte. Aber ihm fielen nicht die richtigen Worte ein. Außerdem war heute wieder – und er hatte keine Ahnung, warum ausgerechnet heute – so ein Morgen, an dem er seinen Vater vermisste, das gemeinsame Ritual des Aufbruchs aus der Küche, das Gehen durch den Garten, die immer gleichen Bemerkungen über die Holzverschalung des Wintergartens, die sie immer noch nicht ausgebessert hatten, das Aufhalten der blauen, schmiedeeisernen Tür für seinen Vater, das Wegfahren, das Sitzen im Auto, das Durchqueren der Stadt im Berufsverkehr, den vertrauten Geruch des Rasierwassers.

Draußen schneite es.

Staunend schloss Max die Haustür, klemmte seine Aktentasche unter den Arm und rannte los. Er ließ die Gartentür halb offen, eilte zu seinem Peugeot und fuhr los, ohne noch einen Blick zum Haus zu werfen.

In der Küche herrschte Schweigen, und weil es nicht endete, stellte auch Katrin ihre Tasse in die Spülmaschine und machte sich auf den Weg in den Keller. Wenn sie nicht sofort von Musik umgeben wäre, würde sie anfangen zu schreien und im schlimmsten Fall ihre Mutter zu beschimpfen, obwohl sie eigentlich ihren Vater meinte.

Mittwoch, 8.22 Uhr

Was sie jetzt brauchten, war Glück. So geübt im Lügen die meisten Menschen waren, wenn es um ihr privates, übersichtliches Leben ging, so sehr überschätzten sie ihr Orientierungsvermögen im Gehege eines Verbrechens. Fast jeder glaubt, er könne die Hand über die Flecken und abgeschabten Stellen seiner Biografie halten, so dass die Polizei diese entweder übersieht oder voller Nachsicht ignoriert. Max Vogel hatte Fälle erlebt, da führte ein Mord nicht zum größtmöglichen Bekenntnis eines Angehörigen zu sich selbst und den Geheimnissen, die seine Familie mehr oder weniger verzweifelt hütete, sondern zur größtmöglichen Leugnung all dessen, was das Opfer auch nur im Entferntesten mit der Vergangenheit in Verbindung bringen könnte. Als wäre das Opfer eine Welt für sich, dessen Schatten niemals den eines anderen berührt hätte. Als bedeutete der Tod nicht das Ende von allem, sondern als wäre er nur eine Art Bahnsteig, von dem aus die Züge nach einer kurzen, der Not gehorchenden Unterbrechung weiterfuhren wie bisher, nach demselben Fahrplan wie immer, in dieselben Richtungen wie immer, nach einem logischen, unumstößlichen System.

In dieser Irrwelt weiter zu bestehen, schafften nur die Professionellen, die, wie Huren, ihr Geschäft verstanden und an den Höhepunkt, den sie vortäuschten, selbst glaubten. Und um Zeit zu sparen und nicht jede einzelne Schiene eigenhändig ausgraben zu müssen, brauchten die Ermittler das Glück.

»Der Mann mit der Wollmütze«, sagte Ludger Endres und gab Max den Zettel zurück, den sein Vater mit krakeliger Schrift bekritzelt hatte. »Also hat sich der nächtliche Abstecher doch gelohnt.«

»Da steht auch, dass der Zeuge nicht aufrichtig ist«, sagte Max. Gemeinsam mit seinem Vorgesetzten würde er in wenigen Minuten die Vernehmung von Frank Steidl durchführen.

In der Zwischenzeit wartete Hannes Piers in Geigers Büro auf seine Vernehmung. Der Taxifahrer war um acht beim Erkennungsdienst erschienen, und als Endres ihm mitteilte, er müsse noch warten, fluchte er laut, und es dauerte eine Zeitlang, bis er sich beruhigt hatte.

»Yvonne recherchiert über Finke«, sagte Endres. »Wenn er mit den Morden etwas zu tun hat, weshalb sollte er sich dann als Zeuge melden?«

»Da wär er nicht der Erste«, sagte Max.

»Bei dieser Kategorie von Verbrechen wäre er der Erste. Warum sollte er das tun?«

»Weiß ich nicht.« Max stand auf. »Gehen wir rüber. Wenn Steidl in der Nacht nicht mit Sonja Piers zusammen war, muss er wissen, mit wem sie sich getroffen hat.«

»Warum muss er das wissen?«

»Weil ich das so will«, sagte Max, warf einen Blick auf den Zettel und zwang sich, während er zur Tür ging, nicht an den vergangenen Morgen in der Küche zu denken.

Mittwoch, 8.27 Uhr

Er saß in seinem Auto und erfreute sich am Anblick des blauen Briefkastens am Gartenzaun. Ganz gleich, wie grau ein Tag sein mochte, dieser Briefkasten verlor nie seine Leuchtkraft. Bestimmt holte jeder Hausbewohner mit heiterer Miene die Post, dachte Jakob Finke. Dann fiel ihm ein, dass das Familienoberhaupt blind war und den Briefkasten nicht sehen konnte. Er kennt ihn ja von früher, dachte Finke, in seinen Erinnerungen bleiben die Farben bestehen, wie die Jahreszeiten und Gesichter. In dieser Gegend standen viele Einfamilienhäuser, die Gärten sahen gepflegt aus, die Leute achteten auf ihr Zuhause.

Jetzt war er hier. Die Frau von der Auskunft hatte ihm die Telefonnummer und die Adresse gegeben, noch in der Nacht. Er hätte auch vor dem Kellerlokal warten und dann dem Taxi folgen können, mit dem der Kommissar nach Hause gefahren war. Das hatte er früher auch so gemacht. Hatte ein Auto verfolgt, einen Menschen in der U-Bahn, er hätte Detektiv werden können. Er durfte den Täter oder die Täterin auf keinen Fall verlieren, was ihm auch nur zwei- oder dreimal passiert war. Die waren ihm dann entwischt.

Er schaute aus dem Fenster seines Wagens. Es gab jetzt keine Eile mehr. Er hatte nicht damit gerechnet, auf einen Blinden zu stoßen, das erschien ihm beinah grotesk. In dem Moment, als er aus dem Dunkel trat, begegnete er einem Blinden, der für ihn zuständig war. Das ist ein böses Glück, dachte er und umklammerte das Knäuel in seiner Jackentasche. Es fühlte sich rau und vertraut an.

10

Mittwoch, 14. Januar, 9.05 Uhr

Diesmal hatte der Erste Kriminalhauptkommissar den Tisch nicht an die Wand geschoben, sondern ihn in der Mitte des Raumes stehen lassen. Max Vogel und Ludger Endres saßen dem Zeugen gegenüber, der nach wie vor als solcher vernommen wurde und nicht als Tatverdächtiger. Aussagen, die er jetzt machte, würden auch später ein wesentlicher Bestandteil von Befragung und Beweisführung sein, unabhängig davon, ob er als Verdächtiger dann alles leugnete oder die Aussage verweigerte. Einen Schuss und ein gesprochenes Wort, so hieß es in der Mordkommission, kann man nicht zurücknehmen.

»Sitz wieder hier«, sagte Frank Steidl. »Zur Hauptarbeitszeit. Sie ruinieren mich.«

»Sie ruinieren sich selbst«, sagte Endres. »Sie sind nicht schon wieder hier, weil wir Sie schikanieren wollen, sondern weil Sie uns anlügen, und zwar in einem gesteigerten Maß.«

»In einem was?«

»Sie haben ausgesagt, Sie wären in der Nacht zum Dienstag mit Sonja Piers zusammen gewesen, Sie hätten den Abend gemeinsam verbracht, und Frau Piers wäre dann nach Hause gefahren, mit der U-Bahn.«

»Und?«

»Sie waren nicht bei sich zu Hause«, sagte Max. »Weder allein noch mit Frau Piers. Wo waren Sie?«

Steidl griff mit beiden Händen an das Revers seines braunen, zerknitterten Sakkos und zog daran, zweimal hintereinander. »Verständlich. Sie machen Ihre Arbeit, und ich müsst meine auch erledigen.«

»Sie bleiben dabei, Sie waren zu Hause«, sagte Endres.

Steidl nickte. Max beugte sich über den Tisch, in seinem Gesicht war keine Regung zu erkennen. »Wir haben einen Zeugen, der Sie gesehen hat, und zwar nicht in Ihrem Wohnzimmer. Wir haben einen Zeugen, der mit Ihnen gesprochen hat, und zwar nicht in Ihrer Küche. Sie kennen diesen Zeugen, er hat Ihnen ein paar interessante Dinge erzählt, Dinge, die Sie überrascht und die Sie nicht im Geringsten erwartet haben. Lügt dieser Zeuge? Glauben Sie, dieser Zeuge hatte einen Grund, uns anzulügen? Glauben Sie das?«

Unfähig, sich zu bewegen, presste Steidl die Hände auf den Tisch, bis die Fingerkuppen weiß wurden. Dann rückte er mit dem Oberkörper zurück, weil Max sich unverändert über den Tisch beugte und ihn nicht aus den Augen ließ. Die Dinge hatten nicht so funktioniert, wie er es sich vorgestellt hatte, das war Steidl in diesem Moment klar. Doch sein Verhalten war richtig gewesen, daran hatte er keinen Zweifel, und unter Druck setzen ließ er sich schon lange nicht mehr, weder vom Vorstand seines Unternehmens noch von der Kripo. Er hatte niemandem etwas angetan, und wenn er Sonja in der Nacht noch erreicht hätte, wäre vielleicht alles anders gekommen. Vielleicht würde sie sogar noch am Leben sein.

»Genau«, sagte er. Dann begriff er, dass er sich in seinen Gedanken verheddert hatte und hob den Kopf.

»Ich war zu Haus. War ich. Mit Sonja. Am Abend. Hören Sie mir zu?«

»Ja«, sagte Max und lehnte sich zurück und verschränkte die Arme. In dieser Situation war er schon oft gewesen, und wenn er ehrlich war, überraschte sie ihn immer wieder. Plötzlich brachen die Dämme, plötzlich bekam der Zeuge hinter der Maske, die er die ganze Zeit getragen hatte, keine Luft mehr und riss sie sich vom Kopf und schrie mit unverstellter Stimme die Wahrheit aus sich heraus, oder das, was davon übrig war. Manchmal löste eine Nacht in der Einzelzelle eine solche Wendung aus, manchmal genügte ein Blick oder ein Schweigen, das den Zeugen zu Gedanken verführte, die er nicht geplant, deren Wirkung er aber von Anfang an gefürchtet hatte. Von seinem Vater hatte Max gelernt, Geduld zu haben und jede Geste, jeden Tonfall zu beachten und grundsätzlich von einer extremen inneren Überforderung seines Gegenübers auszugehen. Unter diesem Aspekt relativierten sich gewisse Verhaltensweisen von selbst, und der Vernehmer konnte sich auf das Unterschwellige konzentrieren, auf die Nahtstellen der Maskerade. »Sie waren am Abend mit Sonja bei sich zu Hause«, wiederholte Max.

»Genau. Acht bis neun ungefähr. Sie wollte eine Aussprache, ich wollt keine. Sie wollt wieder wissen, ob wir eine Wohnung nehmen. Das war ihr Thema, seit Monaten schon. Sie wollt raus aus der Luisenstraße. Hat rumgedruckst, und ich sag zu ihr, ich mach das nicht, sie ist mit Piers verheiratet, was soll das? Sie sagt, sie will jetzt die Scheidung. Hat sie schon öfter erzählt. Dann tut sie aber nichts. Zeit vergeht, und sie tut nichts. Sitzt rum, lässt die Dinge geschehen. Wie immer. Die Frau will immer was, aber sie tut nichts dafür. Das ist doch krank.

143

Ich mag sie, wir kennen uns seit fünf Jahren, mindestens, wir treffen uns zum Dartspielen, sie kann sehr lustig sein, sie trinkt gern was und dann ist sie auch nicht so trutschig. Was soll man machen? Frauen kann man nicht ändern. Die Sonja.

Genau, also, wir waren verabredet, sie ist zu mir gekommen, und ich hab gleich gemerkt, da stimmt was nicht. Sie wollt mir was sagen, was Bestimmtes, nicht nur das mit der Wohnung. Ich weiß nicht, was. Weiß ich nicht, nach zwei Stunden ist sie wieder gegangen.«

Er nickte, sah die beiden Kommissare an, nickte noch einmal.

Nach einem Schweigen sagte Endres: »Jetzt sind wir einen Schritt weiter, das ist gut. Was haben Sie getan, nachdem Frau Piers gegangen war?«

»Pizza aufgetaut, gegessen.«

»Hat Frau Piers Ihnen gesagt, wo sie hin wollte?«, sagte Max.

»Heim. Wieso die überhaupt gekommen ist? Keine Ahnung.«

Max dachte an das Gespräch mit Benny Piers und fragte sich, ob seine Mutter an diesem verhängnisvollen Abend womöglich denselben Gedanken verfolgt hatte wie er. Hatte sie die Absicht, Steidl die Wahrheit über Nina zu sagen und dann nicht den Mut dazu gehabt? Oder trug Steidl eine zweite Maske unter der ersten? »Hat Sonja Ihnen gesagt, dass sie nach Hause fährt?«

»Hat sie. Angeblich ging es Nina nicht so gut, und sie hätte eh ein schlechtes Gewissen gehabt, weil sie sie mit Benny allein gelassen hat. Sie hat gesagt, sie will nach Hause.«

»Wie?«, sagte Max.

»Wie? Mit der U-Bahn, wie denn sonst? Vom Harras

144

zum Sendlinger Tor und von da mit der U2 zum Josephs-platz. Wie immer.«

Die Auswertung der Videobänder aus den U-Bahn-Stationen würde Tage dauern, dachte Max und sagte: »Was haben Sie nach dem Essen gemacht?«

»Fernsehen, Zeitung gelesen, mir ging's nicht gut.«

»Warum nicht?«

»Stress in der Arbeit. Ich hab Probleme mit zwei Mit-arbeitern, zwei Griechen, sehr zuverlässig, seit Jahren in der Filiale. Aber: sie machen neuerdings die Frauen an, provozieren sie, lassen sie auflaufen. Die Frauen ha-ben am Anfang mitgespielt, das war wahrscheinlich ihr Fehler. Und mich hat der Konzern eh auf der Liste. Sie wollten mich schon mal versetzen, raus nach Freising, ins Umland, da geh ich nicht hin. Ich hab mir extra eine Wohnung in der Nähe gesucht. Und so weiter.«

»Was machen Sie denn in den Augen Ihrer Vorgesetzten falsch?«, sagte Max.

»Was ich falsch mach? Ich bin denen nicht Chef genug, ich red zu viel mit meinen Mitarbeitern, ich setz mich ein, dass die nicht dauernd Überstunden machen müssen, und ich hab auch einen neuen Mitarbeiter durchgesetzt. Den zweiten Griechen. War vielleicht ein Fehler. War eine Empfehlung von Jannis, mit dem arbeit ich seit sechs Jahren zusammen, der hat mir mal erzählt, dass ein Freund von ihm einen neuen Job sucht, der war vorher in Schwabing in einem Supermarkt, da haben die ihn gemobbt, er wollt weg. Hat sich so ergeben. Jetzt hab ich die Probleme. Wird schon wieder.«

»Viel Glück dabei«, sagte Max. »Was haben Sie noch getan an diesem Abend?«

Wieder nickte Steidl vor sich hin, klopfte mit beiden Händen ein paar Mal auf die Tischkante. Max musste

145

an die Hände seiner Mutter und die Bemerkung seiner Schwester denken und wischte sich verärgert über die Augen, eine solche Ablenkung war das Letzte, was er jetzt brauchte.

Das Bild verschwand nicht. Seine Mutter sitzt am Tisch und er fragt sie nicht, was passiert ist, er rennt aus der Küche, und sie verabschiedet ihn nicht. Sie hatte einen Auftritt als Drummerin, sagte seine Schwester. Dieser Satz klang in ihm nach, während Steidl schon weiterredete.

»Besser, ich hätt das nicht getan. Besser, ich hätt's klingeln lassen. Dachte wahrscheinlich, es ist Sonja. Geh ans Telefon und Benny ist dran. Will mich sprechen, es sei dringend. Ich wollte ihn nicht treffen, wozu denn? Er hat mich überredet, hat gesagt, es geht um Nina, und er müsse mir was Wichtiges mitteilen. Von mir aus. Bin ins Auto und los.«

»Wann war das?«, fragte Endres.

»Kurz nach zehn.«

»Sind Sie sicher?«

»Ganz sicher, hab auf die Uhr geschaut, fünf oder zehn nach zehn war's. Der hat das gut hingekriegt, hat mich echt aus dem Haus gelockt.«

»Hat Benny seine Mutter erwähnt?«, sagte Max.

»Nein. Wieso denn? Ich hab gedacht, sie ist schon daheim, deswegen kann er auch weggehen und muss seine Schwester nicht allein lassen.«

»Aber Sonja war nicht zu Hause«, sagte Max.

Steidl sah ihn mit einem Gesichtsausdruck an, den Max schafsartig fand. »Wieso nicht?«

Die Frage, dachte Max, passte zur Mimik.

»Wo haben Sie sich mit Benny getroffen?«, sagte Endres.

»Atzinger, Schwabing.« Er stutzte, bemerkte Max'
lauernden Blick. »Das wissen Sie schon, oder? Benny
hat's Ihnen erzählt. Der Zeuge, der mich gesehen hat.
Genau. Wer sonst? Ich war da, und er hat mir gesagt,
dass Nina angeblich meine Tochter ist. Schon spannend,
so was nachts im Atzinger von einem Fünfzehnjährigen
zu erfahren. Wieso erfahr ich das von ihm und nicht von
Sonja? Wieso gehen fünf Jahre ins Land, und ich weiß
nichts? Wieso verarschen die mich? Alle beide. Benny
wusste es die ganze Zeit, er war eingeweiht, Sonja hat's
ihm gesagt, wahrscheinlich schon längst. Und ich? Ich
schau, dass alles klappt, ich akzeptier, dass sie verheiratet
bleibt, und sie scheißt mir ins Gesicht. Wozu weiß ich
das jetzt? Fünf Jahre später? Wieso hat sie mir das nicht
längst erzählt? Sag ich Ihnen: weil sie dann eine Entscheidung hätt treffen müssen. Sie hätt dann ihr Leben ändern
müssen. Sie hätt dann die Konsequenzen ziehen müssen.
Sie hätt dann was tun müssen. Und? Genau. Das kann
sie nicht. Kinder kriegen: das klappt. Verantwortung
dafür übernehmen: das klappt nicht. Hat er mir also alles
erzählt, der Benny. Danke, danke, sag ich. Und wieso
jetzt? Ausgerechnet? Weil die Sonja die Nina schlagen
würd und schlecht behandeln, weil seine Mama sauer auf
mich ist, weil ich sie nicht heiraten will und das Zeug. Ich
hab zu ihm gesagt, das interessiert mich nicht, da hat er
mir gedroht. Droht mir, mich zu verprügeln, wenn ich
was verrate. Er hat mir verboten, seiner Mama von dem
Gespräch zu erzählen. Er wollt mich provozieren, er hat
mir alles erzählt und dann gesagt, meine Tochter gehört
mir aber nicht. Die gehört ihm und der Sonja und sonst
niemand. Ich hab ihn angeschrien, dass ich glaube, dass
er im Kopf genauso kaputt ist wie er aussieht. Hab ausgetrunken und bin weg. Raus auf die Straße. Und dann:

große Klarheit. Ich wusste, so geht's nicht weiter, vorbei, Ende der Geschichte und Amen. Ich brauch diese Familie nicht. Und Nina? Ob sie wirklich meine Tochter ist? Keine Ahnung. Müsste ich einen Vaterschaftstest machen. Wozu denn? Soll der Piers weiterzahlen. Oder auch nicht. Soll die Sonja schauen, wie sie über die Runden kommt. Guter Moment. Rief Piers an und erzählte ihm die ganze Geschichte: aber nicht so, sondern anders.«

Steidl nickte und griff wieder nach seinem Revers.

»Wie anders?«, sagte Max.

»Ganz anders.« Steidl ließ sein Sakko los und zeigte ein zufriedenes Gesicht. »Hab ihm erklärt, wie empört ich wär und dass ich mir verarscht vorkomm und dass ich mir so was nicht gefallen lass. Solche Sätze. Er hat's geschluckt. Er hat wahrscheinlich gedacht, ich dreh gleich durch und renn in die Luisenstraße und richte ein Blutbad an. Ich hab ihm gesagt, wo er seinen Sohn finden kann, und Ende. Ich bin nicht durchgedreht. Ich war absolut ruhig. Bin ich nicht oft. Entspannt fast. Ich dachte: machst du einen Spaziergang, ist ja nicht weit, sagst ihr, alles ist aus, jeder geht seiner Wege, das Leben geht weiter. Bin ich losmarschiert. Die Schelling runter bis zur Luisenstraße. Ziemlich kalt war's.«

»Trugen Sie eine Wollmütze?«, sagte Max.

»Bittschön, es war kalt. Woher wissen Sie das?«

»Jemand hat Sie gesehen«, sagte Endres.

»Neuer Zeuge? Von mir aus. Ich bieg schon in die Luisenstraße ein, da denk ich: wieso denn? Wozu soll ich mir das antun? Ich geh da in die Wohnung, da sitzen die alle, trautes Familienbild. Brauch ich nicht. Hab ich nie gehabt. Sollen die bei sich bleiben, ich bleib bei mir. Jetzt weiß ich alles, jetzt ist es gut. Ich nehm mein Handy und ruf sie an. Aber es springt nur die Mailbox an. Hab ich nicht drauf gesprochen. Stand dann noch rum und bin zurück zum Auto in der Nähe vom Atzinger. Bin froh, dass ich umgekehrt bin. Wahrscheinlich wär ich doch laut geworden und hätt mich blamiert und hätt was gesagt, was ich nicht sagen wollt. Alles erledigt. Gut gemacht, Benny. Doch, das war richtig. Genau. Und wahrscheinlich war die Sonja zu dem Zeitpunkt eh schon tot.«

Auch darüber war Max Vogel immer wieder über die Maßen erstaunt: wie selbstgeblendet Menschen oft waren, nachdem sie es unter Anleitung geschafft hatten, ihre inneren Kellertüren zu öffnen und mit zitternden Sinnen hineinzugehen. Wie befreit, mit poliertem Ego und total beglückt schauten sie hinterher aus sich heraus und sahen nichts und niemanden mehr außer sich selbst.

Eine Minute verging in Schweigen.

Die Kommissare richteten ihren Blick auf die Tür hinter Frank Steidl, und dieser wandte halb den Kopf, weil er glaubte, jemand käme herein.

»Wie lange haben Sie vor dem Haus in der Luisenstraße gestanden?«, sagte Max, der sich vorkam wie auf einer schiefen Ebene, auf der er allmählich den Halt verlor.

»Nicht lang. Fünf Minuten. Knapp. Windig war's, hab mich in einen Eingang gestellt. Ich wollt sie ja anrufen, ursprünglich. Hätt ich mich bloß lächerlich gemacht.«

»Fünf Minuten«, sagte Endres und hielt beide Hände flach in die Höhe. Wie ein Priester oder jemand, der sich ergeben wollte. »Halten wir also fest: Sie trafen sich mit Benjamin Piers im Atzinger, er erzählt Ihnen, Sie wären der Vater von Nina, was Sie zuerst sehr erregt und wütend macht. Kurz darauf jedoch kommen Sie zu der Erkenntnis, dass die Vaterschaft Ihnen nichts bedeutet und Sie Sonja verlassen werden …«

Steidl nickte, hielte inne, nickte noch einmal.

»Trotzdem wühlt die Nachricht Sie immer noch auf, und Sie dachten, es wäre eine gute Idee, Sonjas Ehemann anzurufen und ihn ebenfalls mit der Neuigkeit zu konfrontieren, denn er wusste ja auch nichts. Er ging davon aus, er wäre der Vater sowohl von Benny als auch von Nina. Sie spielen ihm eine seltsame Geschichte vor, die ich noch nicht glauben will ...«

»Ist aber so«, sagte Steidl eifrig. »War aber so. Ich wollt den aufziehen, sonst nichts. Das ist mir so eingefallen, ich hab mir nicht viel dabei gedacht. Außerdem hab ich vorher drei Wodka und zwei Bier getrunken.«

»Auf jeden Fall beschlossen Sie, mit Sonja Piers Schluss zu machen. Sie gingen zu ihrer Wohnung, kehrten aber vor dem Haus um, weil Sie doch lieber nur anrufen wollten.«

»Wollt mich nicht lächerlich machen. Noch lächerlicher.«

»Fünf Minuten ...«

»Ungefähr, hab nicht auf die Uhr geschaut ...«

»Ungefähr fünf Minuten standen Sie mehr oder weniger unentschlossen in der Luisenstraße vor dem Haus mit der Nummer 62 ...«

»Davor nicht direkt, in der Nähe, fast an der Ecke zur Schelling, eher da.«

»Fünf Minuten«, wiederholte Endres. »Haben Sie da zufällig jemanden gesehen? Kam jemand aus der Einfahrt? Waren Leute unterwegs?«

»Kaum Leute unterwegs. Tote Ecke irgendwie. Ein Mann ist aus der Einfahrt gekommen und auf die andere Straßenseite gegangen. Ich hab nicht durch die Gegend geglotzt.«

»Was hatte der Mann an?«, fragte Max, schon beinah im Sturz.

»Weiß ich nicht mehr«, sagte Steidl. »Einen Anorak. Genau. Einen weißen Anorak, hab ich zufällig gesehen, weil er unter der Straßenlampe war. Genau. Weißer Anorak mit Pelzkragen. Und?«

»Wo ging der Mann hin?«, fragte Endres, dem es noch nie in einer Vernehmung so schwer gefallen war, Ruhe zu bewahren.

»Das weiß ich nicht«, sagte Steidl laut. »Ich hab alles gesagt. Mehr war nicht. Ich bin nach Hause gefahren, hab noch zwei Wodka getrunken und gut Nacht. Und Ende.«

»In welche Richtung ging der Mann im weißen Anorak?«, sagte Max und beugte sich wieder über den Tisch.

»Ich bin doch ... zur Schellingstraße hin. Genau wie ich. Und?«

Vater, dachte Max, wenn ich dich jetzt nicht erreiche, sperr ich dich die nächsten fünf Jahre ein.

Mittwoch, 11.19 Uhr

Er erreichte ihn nicht. Er erreichte niemanden, nicht seinen Vater, nicht seine Mutter, nicht seine Schwester, nicht den Zeugen Jakob Finke, der sämtliche Lügner, die diesen Fall bisher bestimmten, mit einer Aura arktischer Kälte übertroffen hatte. Fast schamhaft verbarg Max Vogel seine Erleichterung darüber, dass er bei der Ortsbegehung und der Befragung nicht allein mit Finke gewesen war und Endres ihm nicht wieder unterschwellig vorwerfen konnte, er treibe die Fahndung nach einem vermutlichen Serientäter nicht entschlossen genug voran.

Wie es schien, hatte er, Max, doch recht behalten, und nicht sein Vater. Der Zeuge Finke wollte auf sich aufmerksam machen, warum auch immer und ausgerechnet jetzt. Er hatte die Polizei herausgefordert, und die Polizei hatte versagt. Sie hatten alle versagt, er, Max, sein Vater, Endres, Yvonne, die ganze Mannschaft.

Der zweiunddreißigjährige Hauptkommissar rannte durch die Räume der Mordkommission und stellte unentwegt dieselben Fragen. Getrieben von einer nie gekannten Nervosität und Anflügen von Panik hielt er alle fünf Minuten sein Handy ans Ohr und hoffte auf eine Verbindung. Aber er erreichte nur die Mailbox oder den Anrufbeantworter oder nicht einmal das. Sein Vater besaß kein Handy, er weigerte sich, eines zu besitzen. Seit Monaten, eigentlich seitdem Jonas Vogel aus der Rehaklinik entlassen worden war, wollte Max ihm ein Handy schenken, und dann vergaß er es wieder.

In seiner Not rief Max bei seinen Nachbarn in der Herrenchiemseestraße an. Weder Jakob noch Senta Kranich hatten Jonas heute Morgen schon gesehen, sie versprachen, rüberzugehen und zu klingeln. Dass Kranich denselben Vornamen trug wie Finke, beschäftigte Max auf absurde Weise mehrere Minuten lang, während er zum zweiten Mal in der Augustiner-Gaststätte in der Neuhauserstraße anrief. Beim ersten Mal hatte keiner der Kellner ihm definitiv sagen können, ob Jakob Finke krank oder erst für die Abendschicht eingeteilt war, aufgetaucht sei er noch nicht. Von der Servicemanagerin erfuhr Max nun, Finke habe einen Tag freigenommen, weil er, wie sie sagte, Behördengänge zu erledigen hätte.

»Haben die Kollegen sich gemeldet?«, rief Max vom Flur aus in Yvonnes Büro.

»Ja«, sagte sie. »In Finkes Wohnung macht niemand

auf. Sie warten vor Ort. Mehr können wir nicht tun, Max.«

»Wir müssen aber mehr tun! Ruf das LKA wegen des Spurenvergleichs an. Wenn der bei den Taten den Anorak mit dem Fellkragen getragen hat ...«

»Wir wissen nicht, ob er der Täter ist«, sagte Yvonne. Ihr Telefon klingelte und sie griff zum Hörer. »Beruhige dich, bitte, in einer halben Stunde kriegst du von mir alle verfügbaren Unterlagen über Finke.«

Max war schon wieder auf dem Weg in sein Büro. Welche Unterlagen sollten über einen Mann verfügbar sein, der mehrere Menschen brutal ermordet und dabei keine verwertbaren Spuren hinterlassen hatte? Wir wissen nicht, ob er der Täter ist! Vor ihm auf dem Schreibtisch lag der karierte Zettel, den sein Vater in der Nacht bekritzelt hatte. *Lieber Maxl, ein Mann mit Wollmütze war am Tatort, sagt Zeuge. Zeuge ist nicht aufrichtig, er spricht falsch. Überprüfen! Viel Glück.*

»Überprüfe einen Namenlosen«, murmelte Max. »Wir wissen nicht, ob er der Täter ist! Wir wissen, er war am Tatort, er kam direkt von dort. Das wissen wir, Yvonne!«

Sein Handy klingelte. Er riss es aus der Sakkotasche, es glitt ihm aus der Hand und krachte auf den Boden. Die Verbindung war unterbrochen. Er suchte die gespeicherte Nummer, tippte sie ein. Besetzt. Er stand vom Schreibtisch auf, wartete im Stehen. Es klingelte erneut, die Nummer kannte er.

»Katrin, weißt du, wo Papa ist?«

»Hier ist Silvi«, sagte eine heisere weibliche Stimme.

»Wer? Wo ist Katrin? Hier ist Max Vogel.«

»Hallo, Max, ich bin's, Silvi, die Freundin von Katrin, wir spielen zusammen. Hallo?«

Max wusste nicht, was er sagen sollte.

»Ich soll dir ausrichten, Katrin ist beschäftigt, und sie kommt in nächster Zeit nicht nach Hause, weil sie bei mir übernachtet.«

»Was ist ... Ich will ...«

»Tut mir leid, Max, sie wollte nicht mit dir sprechen. Und bevor du noch mal bei ihr anrufst, hat sie mich gebeten, dir auszurichten, dass sie demnächst bei euch ausziehen wird. Sie braucht Abstand, glaub ich, und sie wohnt ja auch schon viel zu lang daheim. Geht mich nichts an. Und ich soll dir auch ausrichten, dass sie nicht weiß, wo dein Vater ist, und sie weiß auch nicht, wo eure Mama ist. Das weiß ja sowieso nie jemand. Sagt Katrin. Alles Gute, Max.«

Mit dem stummen Handy in der Hand stand Max hinter seinem Schreibtisch und hatte einen Kopf voller Stimmen.

11

Mittwoch, 14. Januar, 11.21 Uhr

Warum sie Handschuhe trage, wollte er wissen, denn
er hatte sie auf die Wange geküsst und ihre linke Hand
berührt. Sie hatte erwidert, weil es im Weltall so kalt
sei. Er hatte nicht gelächelt. Das tat er sowieso nur noch
selten. Das war ihr gleich. In den vergangenen Monaten
war ihr fast alles gleich, was um sie herum passierte, sie
hatte deswegen kein schlechtes Gewissen. Die Tage ver-
gingen auch so.

Was sie heute vorhabe, wollte er wissen, und sie hatte
überlegt, obwohl es nichts zu überlegen gab, und dann
geantwortet, sie würde auf dem Viktualienmarkt ein-
kaufen gehen. Er hatte seinen Hund gestreichelt, seinen
Kaffee getrunken und seine Augenringe zur Schau gestellt. Sie hatte ihn gehört, als er in der Nacht nach Hause
gekommen war, und in der Früh den Zettel gelesen, den
er geschrieben und vor Max auf den Tisch gelegt hatte.
Ein polizeilicher Mensch bei der Arbeit, wie seit jeher.
Nichts Neues für sie, deswegen hatte sie nicht weiter
gefragt. Von unaufrichtigen Zeugen hatte er ihr schon
tausendmal erzählt. Und auch ein Mann mit einer Wollmütze beunruhigte sie nicht.

Bevor sie die Küche verließ, hatte sie ihn angesehen
und versucht, ihn wiederzuerkennen. In ungefähr drei

Metern Entfernung saß ein Mann Mitte fünfzig, mit fliehender Stirn und einem spitzen Kinn, anliegenden Ohren und Ohrläppchen, die nicht angewachsen waren, mit blauen Augen und kaum ergrauten, dunkelbraunen Haaren, in einem blauen, frisch gebügelten Hemd und einer schwarzen Jeans, mit einer Narbe am linken Arm und einer in der rechten Innenhand. Doch, diesen Mann kannte Esther Vogel. Aber sie erkannte ihn nicht wieder.

So ging sie wortlos hinaus, und hinter ihr sagte niemand etwas.

Für einen kurzen Augenblick tauchte dieses Bild wieder in ihr auf, als sie auf dem Viktualienmarkt eine Salzgurke kaufte und diese, ein wenig nach vorn gebeugt, damit der Saft nicht auf ihren Mantel tropfte, inmitten der schlendernden, schauenden, tuschelnden Besucher sofort aufaß. Esther Vogel hatte noch Zeit, bis das Weltall öffnete. Im sechsten Stock des Deutschen Museums war es dunkel und still wie sonst nirgends in der Stadt. Dort empfand Esther ewige Geborgenheit. Das waren die Worte, die sie niemandem sagte, weil niemand sie begreifen würde: ewige Geborgenheit.

Heute, dachte sie und drückte ihre Handtasche an ihren Bauch, war ein guter Tag, um für immer im Dunkel zu verschwinden.

Mittwoch, 11. 59 Uhr

»Selbstverständlich bleiben wir vor dem Haus und beobachten die Gegend«, sagte Polizeiobermeister Matthias Schenk ins Telefon. »Sowie Ihr Vater auftaucht, sagen wir Ihnen Bescheid.«

»Und Sie waren auch in dem kleinen Park, den ich
Ihnen beschrieben hab«, sagte Max. »Gegenüber der
Einmündung der Schlesierstraße in die Balanstraße.«

»Wir sind die ganzen kleinen Straßen abgefahren, bis
hinter zum Grünstadter Platz und wieder zurück. Ihr
Vater war da nicht, und einen weißen Toyota haben wir
auch nirgends gesehen. Stimmen die Farbe und das Fa-
brikat des Fluchtwagens?«

»Bis jetzt ist es nur das Auto eines Zeugen. Bleiben Sie
wachsam.«

»Selbstverständlich, Kollege.«

Mittwoch, 12 Uhr

»Zwölf Uhr mittags und es schneit«, sagte Jakob Finke
und schaute aus dem Seitenfenster seines Toyota, den er in
der Hochstraße geparkt hatte. »Was für ein Anblick. Und
so ein Zufall, dass wir denselben Weg haben. Ich komme
grad von meiner Freundin und da sehe ich Sie neben der
Balanstraße gehen. Wir leben in einer kleinen Stadt.«

»Das ist wahr«, sagte Jonas Vogel. Er saß auf dem Bei-
fahrersitz, den Aluminiumstock zwischen den Knien, in
einem Zustand elektrisierter Wachsamkeit. Er war in das
Auto gestiegen, obwohl er in dem Moment, als es neben
ihm anhielt, überzeugt war, dass der Fahrer ihn nicht
nach dem Weg fragen würde. Er war eingestiegen, obwohl er die Geschichte vom Besuch bei der Freundin nicht
glaubte, ohne dass er eine Erklärung für sein Misstrauen
hatte. Als er die Stimme erkannte, hatte er nicht gezögert.

Jonas Vogel war eingestiegen, weil es seiner Natur entsprach, manchmal Entscheidungen zu treffen, ohne auf

die Stimme seiner Vernunft oder der Vernunft anderer zu hören.

Finke bot an, ihn ins Dezernat zu fahren, er erinnerte sich an Roderichs Namen und schob eine Schuhschachtel mit CDs beiseite, damit der Hund auf der Rückbank Platz hatte. Sie redeten über das Wetter, dann sagte Vogel, er freue sich, Finke wiederzubegegnen, er hätte sowieso vorgehabt, ihn anzurufen. An der nächsten Kreuzung bogen sie nach links ab und an der folgenden nach rechts. Während sie an der Backsteinmauer des Ostfriedhofs vorbeifuhren, schwiegen sie, und als sie vor der Abzweigung zur Franziskanerstraße an einer roten Ampel anhielten, sagte Finke, er müsse noch etwas erledigen, was jedoch auf dem Weg liege. Er fuhr Richtung Nockherberg und bog in die Hochstraße ein, die am großen Paulaner-Biergarten vorbeiführte und von der aus man einen weiten Blick über die Stadt hatte. Roderich gab brummende Laute von sich, sonst war es still im Auto. Finke parkte am Seitenstreifen, schaltete den Motor aus und sah aus dem Fenster, vor dem die weißen Flocken tanzten.

»Haben Sie früher hier gewohnt?«, sagte Vogel. Er hatte eine genaue Vorstellung von der Stelle, wo sie sich befanden. Als seine Kinder klein waren, kam er mit ihnen und Esther manchmal in der Silvesternacht hierher, und sie bewunderten das Feuerwerk über den Dächern und sahen den anderen Leuten dabei zu, wie sie ihre mitgebrachten Raketen in den Himmel schossen und Sektflaschen schwangen. Sie selbst ließen nur ein paar Böller krachen, sie stellten sich alle vier nicht besonders geschickt an. Andere Formen des Familienausflugs waren selten gewesen.

Es kam Jonas Vogel eigenartig vor, dass er gerade jetzt daran denken musste.

»Ja. Ich hätte gern hier gewohnt. Mit Blick in die Ferne, zu den Türmen, die ich alle mal kannte. Gescheit.« Er drehte den Kopf zu Vogel und dann zur Windschutzscheibe. »Sie sind gescheit, wir sind alle gescheit. Ich komme aus einer Lehrerfamilie, da lag die Gescheitheit in der Wiege. Mein Vater unterrichtete am Max-Gymnasium. Kluger Mann. Auch später noch. Nein, wir haben hier nicht gewohnt. In der Nähe vom Max-Weber-Platz. Jetzt sind wir hier. Ich möchte Ihnen was sagen. Nein. Eigentlich möchte ich Ihnen nichts sagen, aber Sie sind blind, und das ertrage ich nicht. Wenn ich gewusst hätte, dass Sie blind sind, hätte ich mich nicht bei Ihnen gemeldet. Ich hätte mir das erspart. Natürlich sind Sie ein ungewöhnlicher Blinder, Sie gehen nach draußen, Sie haben einen Hund, Sie verschanzen sich nicht in einem Heim oder einer Behindertenwerkstätte, Sie konfrontieren sich mit der Realität. Das hat mich gleich am meisten verblüfft, und auch geärgert. Dass Sie so tun, als wären Sie nicht blind, sondern normal. Normal im Sinn von sehend. Sie sind nicht normal im Sinn von sehend, Sie sind ganz unnormal für uns Sehende.«

»Warum haben Sie mich abgepasst?«, sagte Vogel. »Warum haben Sie mich heute Nacht in dem Lokal, wo wir waren, angelogen?«

»Glauben Sie, ich habe Ihnen aufgelauert?«

Vogel hörte das Rascheln des Anoraks. Finke hatte die Arme aufs Lenkrad gelegt und sich nach vorn gebeugt. »Sie haben mich abgepasst. Sie haben mich angelogen. Warum?«

»Ich war bei meiner Freundin, wir waren verabredet, ich habe Sie nicht abgepasst. Und angelogen habe ich Sie auch nicht.«

»Was machen wir dann hier?«

»Hören Sie mir nicht zu? Ich möchte Ihnen was sagen. Ich möchte Ihnen was erklären. Ich habe mich freiwillig bei Ihnen gemeldet.«

»Das ist wahr«, sagte Vogel. »Aber wenn Sie geahnt hätten, Sie würden einem Blinden begegnen, hätten Sie sich nicht als Zeuge gemeldet.«

»Möglich.« Finke ließ Zeit vergehen, dann holte er mehrmals Luft und rang nach Worten. »Das ist vielleicht ... Ihr Blindsein ... Das hat mich einfach geärgert ... Ich mag das nicht, wenn man so tut, als wär man der Stärkere auf jeden Fall. Unter uns anderen, unter uns Gewöhnlichen. Das ist doch keine Kunst, was immer Sie tun, es ist was Starkes. Weil Sie blind sind. Und nicht in einem Heim leben, in der Behindertenwerkstätte, Sie gehen ständig raus, das habe ich doch schon gesagt. Sie verschanzen sich nicht. Gut. Und wenn Sie rausgehen, sind Sie der Stärkere von uns allen, Sie gehen über rote Ampeln, ohne überfahren zu werden, Sie arbeiten bei der Polizei, Sie setzen sich Gefahren aus. Wieso? Weil Sie sich beweisen wollen, Sie wollen, dass alle zu Ihnen herschauen und sagen: Schau, das bin ich, ich bin's auch ohne Augenlicht, ich habe recht. Was bleibt den Leuten übrig? Sie applaudieren, innerlich. Ich nicht.

Wer von Haus aus stärker ist, kann leicht die anderen klein halten. Wie die Eltern mit den Kindern. Das ist das. Geht der Vater raus mit seinem kleinen Kind, und ist das Kind müde oder erschrocken über die Größe der Welt und weint oder duckt sich, dann wird es ermahnt, und wenn es sich nicht ermahnen lässt, wird es wieder ermahnt, und wenn es sich wieder nicht ermahnen lässt, wird es gemaßregelt. Der Vater schlägt seinem Kind in aller Öffentlichkeit die Hand ins Gesicht, oder auf den Hintern. Die Leute schauen zu und sagen: So muss es sein.

Die Mutter. Bugsiert ihr Kind im Kinderwagen durch die Passanten, wird angerempelt, muss ausweichen, lässt sich nicht beirren. Die Mutter lässt sich niemals beirren, die geht weiter. Das ist gut. Im Kaufhaus Gedränge, schlechte Luft, Schlangen an den Kassen, das Kind schwitzt im Kinderwagen, oder es hat Hunger. Dann wird es von der Mutter ermahnt, und wenn es nicht still wird, schlägt die Mutter dem Kind die Hand ins Gesicht. Das ist normal. Niemand wundert sich. Die Mutter hat recht, der Vater hat recht, die Eltern haben recht.

Ich saß im Bahnhofsrestaurant, trank einen Kaffee, aß ein Croissant, drei Tische weiter saß ein Ehepaar mit einem Buben in schönen Kleidern, er trug ein weißes Hemd und eine dunkle Hose und einen Janker drüber, einen roten schmucken Janker. Vier Jahre alt, fünf, saß mit am Tisch und wollte das Stück Brot nicht essen, war schon satt und zierte sich. Der Vater stand auf, ging um den Tisch herum und schlug dem Buben auf den Hintern, bis er weinte. Er heulte laut, da schlug der Vater noch mal zu. Dann setzte er sich wieder und hob den Zeigefinger. Der Mann war nicht älter als Anfang dreißig. Der Bub hörte auf zu weinen, weil die Mutter auf ihn einredete, drohend, das konnte ich bis zu meinem Tisch hören. Als dann der Mann zu mir herschaute, stand ich auf, ging hin und sagte: Ich hoffe, er bringt Sie um, wenn er alt genug dazu ist. Das waren meine Worte. Mehr nicht. Ich ging zu meinem Tisch zurück, setzte mich und trank meinen Kaffee. Der Mann kam an meinen Tisch und drohte mir, wie die Frau dem Buben drohte. Er drohte mir Prügel an, das war mir klar, was sonst? Ich erwiderte nichts. Sein Hemd hing ihm aus der Hose, er hatte einen Schnurrbart und ein graues Gesicht. Eine läppische Erscheinung. Ich ließ ihn ausreden und sagte keinen Ton, das wäre Verschwendung gewesen. Beim nächsten Mal tat ich dann das Nötige.

Der Mann war ungefähr im gleichen Alter wie der im Bahnhofslokal, aber sein Bub war älter, vielleicht zehn schon. Der Mann ohrfeigte den Buben vor dem Kaufhof am Marienplatz. Das sind ja alles schicksalhafte Begegnungen. Zufällig komme ich vorbei, auf dem Weg zur Arbeit, und sehe zu und entscheide mich. Wissen Sie, wie einfach es ist, Leute zu verfolgen, ohne dass sie den geringsten Verdacht schöpfen? Ein Kinderspiel. Wichtig ist, herauszufinden, wo sie wohnen. Dann kann ich immer wieder an diesen festen Punkt zurückkehren und meine Tat in Ruhe vorbereiten. Das ist eine Sache von wenigen Metern. Auf offener Straße. Angemessen. Ich locke diese Leute nicht in Tiefgaragen, ich tue es dort, wo sie es auch getan haben. Das muss sein. Ich sehe zu und schreie. Nicht nach außen, das Schreien ist in mir, das höre nur ich. Ich sehe die Mutter, sie schlägt, ich schreie. Dann öffnet sich das Tor und ich gehe hindurch. Einmal half ich der Frau, die zwei Wochen vorher ihr Kind verprügelt hatte, ihren Kinderwagen aus der Tram zu hieven. Ich war in der Nähe, ich wollte bald handeln. Das ist das.

Sie sind stärker, was ist daran stark? So wie Sie. Sie sind blind, gehen nach draußen, wo die Sehenden sind und sind stärker. Darauf sollten Sie sich nichts einbilden, Herr Vogel.«

»Sie haben drei Menschen getötet, Sie haben drei Kindern ein Elternteil entrissen.«

»Der Mann im Bahnhofslokal«, sagte Finke und sah dem Kommissar ins Gesicht und nach wenigen Sekunden wieder durch die Windschutzscheibe. »Dieser Mann fand sich auch sehr im Recht, als er mir Prügel androhte. Halten Sie mich eigentlich für verrückt?«

»Nein«, sagte Vogel. »Ich halte Sie für normal.«

»Krchch.«

Der kehlige Laut, den Finke ausstieß, überraschte den Kommissar ebenso wie Roderich, der sofort den Kopf hob und ein Brummen von sich gab. Als niemand weiter auf ihn achtete, bettete der Hund den Kopf wieder ins Fell seiner Pfoten.

»Sie haben uns angerufen, weil Sie die Schuld nicht mehr ertragen haben«, sagte Vogel. »Sie wollten, dass wir Sie enttarnen.«

»Das gefällt mir.« Finkes Stimme bekam eine neue, hellere Farbe. »Ich wollte enttarnt werden. Ja. Nicht von Ihnen, dem Blinden, aber enttarnt? Ja, das wär was gewesen. Ich rufe an und tarne mich als Zeuge, und dabei bin ich der Täter. Ich bin ja auch der Täter. Besser müsste es heißen: der Tuer. Weil ich was tue und nicht nur zusehe. Ich kann das nicht sehen. Ich kann das nicht sehen. Ich kann das nicht sehen. Terror. Es muss Terror sein.«

Sein Körper zuckte vor und zurück, Vogel hörte das Rascheln des Anoraks und roch die Ausdünstungen von Kneipen und Küchen. »Anders kann ich nicht weiterleben. Das ist doch nicht normal! Das ist doch nicht normal! So ging das zu. Ich war besessen, das muss ich zugeben. Ich wollte jedes Spiel im Fernsehen sehen, ich kaufte mir die Hefte mit den Bildern zum Ausschneiden, ich klebte jedes Bild in ein Heft und beschriftete die Bilder, und an die Wand hängte ich Poster von den Spielern, internationale Stars. Das ist doch nicht normal! Meine Mutter wollte, dass ich sie wieder abnahm, ich nahm sie wieder ab. Am Wochenende wurde gelesen. Es ist gelesen worden, während die Bundesliga stattfand. Radio hören. Ich besaß ein Transistorradio. Das ist das.

Warum ich lieber Fußball schauen wollte als lesen?

Weil da ein Leben war. Krchch. Normal war lesen, unnormal war Fußball. Enttarnung, schönes Wort. Ich war immer leicht zu enttarnen, der Terror hatte leichtes Spiel bei uns in der Unteren Feldstraße.

Das ist doch das: Wenn das Kind nicht weint, nicht quengelt, wenn das Kind dem Stärkeren gehorcht, entfaltet der Terrorist seine wahre Größe. Wenn das Kind weint und quengelt, reicht ein Schlag. Reicht nicht. Ein zweiter Schlag, ein dritter Schlag muss sein, dann reicht es gewöhnlich. Der Lehrer Riedmeyer, den wir in der Volksschule hatten, wurde dreiundachtzig Jahre alt, niemand hat ihn erschlagen oder erwürgt oder erdrosselt. Keine Menschenseele. Dabei hat er die Buben geschlagen und die Mädchen auch, mitten im Unterricht, auf offener Straße praktisch, jeder konnte zusehen. Jeder sah zu, sah hin und dann weg. Riedmeyer schlug. Wenn die Eltern davon erfuhren, zuckten sie mit den Achseln. Sie zuckten.«

Der Anorak raschelte, als Finke mit der Schulter zuckte. »So viel Zucken und nicht mehr. Das ist das. Nein. Ich habe nicht bei der Polizei angerufen, um mich enttarnen zu lassen, ich habe angerufen, weil mir die Frau nicht aus dem Kopf ging. Dauernd hörte ich die Stimme der Frau in meinem Kopf, die gehörte da nicht hin. Wieso habe ich sie bloß reden lassen? Das ist ja nicht zu glauben. Ich hatte sie … abgepasst … ich wollte tun, was endlich zu tun war, und sie hört nicht auf zu reden.«

»Von welcher Frau sprechen Sie?«, sagte Vogel. Er umklammerte den kalten Stab mit beiden Händen und hörte der Stimme zu wie einem vielstimmigen Chor.

»Frau Luise.«

»Die Frau aus der Luisenstraße.«

»Ich nannte sie alle nach den Straßen, in denen sie wohnten.«

Daraufhin schwieg er lange.

»Sie haben gesehen, wie ein Vater oder eine Mutter in der Öffentlichkeit ihr Kind geschlagen hat, dann haben Sie sie verfolgt und herausgefunden, wo sie wohnen, und blieben ihnen weiter auf der Spur. Ein gewaltiger Aufwand, den Sie betrieben haben.«

»Gescheitert.«

Sie schwiegen beide eine Zeitlang.

»Die meisten habe ich verloren«, sagte Finke.

Nach einem erneuten Schweigen sagte Vogel: »Drei haben Sie nicht verloren.«

»Die Frau hat geredet. Ich habe auf sie gewartet, in der Nähe vom Harras, sie war bei ihrem Freund, viel kürzer, als ich erwartet hatte. Wir fuhren zusammen U-Bahn. Am Sendlinger Tor stiegen wir um und fuhren nach Schwabing. Ich kannte die Strecke. Am Josephsplatz sprach ich sie an, und es war alles bereit. Da war niemand außer uns. Da sind Büsche, Bäume, es ist dunkel, niemand sieht was. Das ist das. Aber sie redet. Sie redete schon in der U-Bahn vor sich hin, zu sich selber, ununterbrochen. So hatte ich sie noch nie reden hören. Beschimpfungen, Beleidigungen. Zuerst dachte ich, sie meint ihren Freund, oder ihren Ehemann. Nein, sie meinte sich selbst.

Dann bemerkte sie mich, blieb stehen und sagte: Alle halten mich für eine geduckte Urschel, ich bin aber keine geduckte Urschel. Das war an der Ecke beim alten Friedhof, sie schaute die ganze Zeit zur Mauer rüber, und dann sagte sie: Ich geh mich bald beerdigen. Wieso hat die Frau angefangen, mit mir zu reden? Ich habe nie geredet sonst. Reden hätten sie vorher können. Nicht mit mir, nicht mit mir, das ist klar. Sie fragte, ob ich mit ihr eine Runde gehen möchte, einmal um den Friedhof herum, an der Mauer entlang. Bitte, sagte sie, bitte, wir

165

kennen uns nicht, sagte sie, ich kann Ihnen alles sagen, sagte sie.

Ich ging tatsächlich mit, viermal, fünfmal um den Friedhof herum, in kleinen Schritten, sie trippelte neben mir her, entsetzlich. Zwei Stunden oder wie lang. Die Arcisstraße runter, die Adalbert rein, die Teng runter und wieder in die Ziebland. Die Frau redete. Dass sie Kinder hat, die nicht zu ihr gehören wollen, sondern entweder zu ihrem Mann oder zu sich selbst oder zu niemandem. Vor allem die kleine Nina. Die kleine Nina. Als hätte der Name eine Bedeutung. Die kleine Nina würde sie nicht mehr wahrnehmen, sagte die Frau, sie würde bloß an sich selber denken, mit fünf, sagte die Frau, mit fünf denkt meine kleine Tochter nur an sich. Hören Sie diesen Satz, Herr Vogel? Es denkt die Fünfjährige an sich selber. Sollte sie an die Mutter denken? An ihren Bruder? An ihren Vater? An das Sonnensystem? An Puh, den Bär? Sie denkt an sich, und da gehört ihr Denken auch hin. Das ist das.

Ich ging neben ihr her, sie redete und sagte mir Sachen, die ich alle schon wusste. Sie sagte mir sogar ihren Namen. Sonja. Sie fragte, wie ich heiße, und ich sagte: Ludwig. Sie bedankte sich für mein Zuhören und erzählte mir, dass ihr Mann ein Verhältnis mit ihrer Mutter habe und sie deswegen den Kontakt zu ihrer Mutter abgebrochen hätte, aber das wäre niemandem aufgefallen. Das fand ich bemerkenswert und verständlich. Einer geduckten Urschel traut niemand was zu, die hält niemand für fähig, einen Kontakt abzubrechen, von der denkt jeder, sie wäre ein ewig blubbernder Kontakt. Das ist sie ja auch. Die Kinder, die sie hatte und über die sie so besessen redete, waren bloß Kitt. Sie waren wegen der Ehe da, und diese Ehe war wie die meisten Ehen bloß ein Auswurf. Sputum von dem, was sie früher Liebe genannt haben. Solche Ehen kennen Sie wahrscheinlich zu Tausenden von Ihrer Arbeit her. Manchmal überwinden die Leute ihren Ekel und tun was, bringen den anderen um oder sich selbst und den anderen und die Kinder gleich mit.

Für alles, was die geduckte Urschel aus der Luisenstraße sich selbst vorwarf, mussten die Kinder als Sündenböcke herhalten, das ist normal. Das ist normal. Das ist so normal wie der Stuhlgang. Der Vater hat einen verkümmerten Charakter, weil seine Existenz ihn hat verkümmern lassen, die Mutter hat statt eines Charakters eine terroristische Gesinnung, die sie täglich wie einen Zobel über ihrer Dummheit trägt, und zwischen ihnen stehen die Kinder blöde in der Gegend herum, zwanghafte Zeugen zwanghafter Gemeinschaften, die goldene Ringe zur Schau tragen, damit sie sich von den übrigen aneinander Gepaarten nicht unterscheiden.

Als wir endlich vor dem Haus waren und sie mich fragte, ob ich mit reinkommen und ein Glas Wein trinken wolle, habe ich nein gesagt und das getan, was ich vorhatte, mehr nicht. Sie hat sich nicht gewehrt. Weniger noch als die anderen. Sie hat mich angeschaut, sie wollte mich unbedingt sehen, obwohl ich hinter ihr stand, sie legte den Kopf in den Nacken und riss die Augen auf. Deshalb brauchte ich noch weniger Zeit und Kraft als bei den anderen. Diese Tat gefiel mir nicht. Ich ging weg und nach Hause und rief meine Schwester an, aber sie war nicht da. Sie konnte nicht da sein, sie ist seit achtunddreißig Jahren tot. Mein blinder Vater hat sie damals in den Tod getrieben, das war ein Spektakel bei uns daheim. Und eigentlich hat nicht mein Vater sie in den Tod getrieben, sondern ich. Sondern ich allein.«

167

12

Mittwoch, 14. Januar, 12.59 Uhr

Der Durchsuchungsbeschluss sollte jeden Moment von der Staatsanwaltschaft im Dezernat eintreffen. Max Vogel hatte bereits zwei Mal nachgefragt. Auf seine Anweisung hin hatten zudem sämtliche Polizeiinspektionen der Stadt ihre Kollegen zu erhöhter Wachsamkeit beim Streifefahren angewiesen. Gesucht wurden ein weißer Toyota mit dem Kennzeichen M-WF 3074 sowie die beiden Männer Jakob Finke und Jonas Vogel, möglicherweise in Begleitung eines Bobtails. In der Verkehrseinsatzzentrale »Stachus« im Erdgeschoss des Präsidiums zoomte der zuständige Beamte bei der Betrachtung der Monitore, die Bilder von den hunderten, über die Stadt verteilten Kameras zeigten, öfter als sonst auf einzelne Personen im Gewühl.

Yvonne Papst hatte bei den Eltern von Jakob Finke angerufen und sie über ihren Sohn befragt, ohne konkrete Ergebnisse. Seit fast einem halben Jahr, erklärten sie, hätten sie kein Wort mehr mit Jakob gewechselt. Streit gäbe es keinen, sagte die Mutter, nur »Kontaktlosigkeit«.

Zwischen den Mordopfern Sebastian Loholz, Jasmin Reisig, Sonja Piers und dem mutmaßlichen Täter Jakob Finke konnten die Ermittler nach wie vor keinerlei Verbindungen herstellen. Im Bahnhofsrestaurant, wo Finke angeblich den Montagabend verbracht hatte, erkannte ihn einer der Kellner auf einem Foto wieder und erklärte, der Mann komme öfter her, vorgestern sei er »mit ziemlicher Sicherheit« nicht da gewesen.

Gemeinsam mit zwei Kollegen befragte Hauptkommissar Arthur Geiger sämtliche Angestellten und Mitarbeiter in der Augustiner-Gaststätte.

Zwischendurch versuchte Max erneut, seine Schwester zu erreichen. Sie hatte ihr Handy ausgestellt. Zu Hause sprang der Anrufbeantworter an, und da seine Mutter trotz seiner drängenden Bitten nie zurückrief, vermutete er, dass sie wieder durch die Stadt streunte. Er fand kein anderes Wort dafür. Und was seinen Vater betraf …

»Wir brechen auf«, sagte Ludger Endres an der Tür von Max' Büro. »Der Durchsuchungsbeschluss ist da.«

Mittwoch, 13 Uhr

»Es war einmal ein Mädchen, das hieß Waltraud«, sagte Finke mit gedämpfter Stimme zu Jonas Vogel. Sie saßen immer noch im Auto, in dem es kälter und dunkler wurde. Draußen fiel der Schnee in dicken, wirbelnden Flocken und bedeckte die Windschutzscheibe. »Es lebte in einer Vier-Zimmer-Wohnung in der Stadt und trug saubere Kleider. Ihre Haare waren blond und glänzten, und wenn sie lachte, tanzten die Sterne. Im Kindergarten war sie bei allen beliebt, und später in der Schule kamen die Kinder zu ihr, wenn sie einen Rat brauchten oder bloß spielen wollten. Sie hatte ein freigiebiges Wesen, sie redete über niemanden schlecht, sie zankte sich nicht, sie war eine Friedensstifterin. Ja, so konnte man sie nennen.

In ihrer Nähe gab es keinen Zoff, keinen Zwist, kein Krakeelen oder böse Worte.

Darüber wunderte sich ihr Bruder oft, denn ihr Bruder, der vier Jahre älter war, stritt sich gern mit seinen Freunden. Er hatte auch keine Geduld und kein Nachsehen mit jemandem, der sich anders verhielt als er erwartete, manchmal beschimpfte er sogar seine besten Freunde und auch seine Lehrer. Dann nahm seine Schwester Waltraud ihn bei der Hand, führte ihn aus dem Zimmer nach draußen und zeigte zum Himmel hinauf und sagte zu ihm, dass die Wolken niemals böse seien, wenn der Wind sie forttreibe aus einem schönen Land oder der Mond sie missachte. Die Wolken sind die Schatten des Lieben Gottes, sagte das Mädchen, denn der Liebe Gott habe viele Schatten, weil er so mächtig sei und immer an vielen Orten gleichzeitig sein müsse.

Dann lachte der Junge und lachte seine kleine Schwester aus und hatte allen Grimm vergessen. So lebte Waltraud viele Jahre in der Stadt und ging zur Schule und bereitete ihren Eltern Freude.

Eines Tages jedoch wurden ihre Noten schlechter, und sie bekam auch ein neues Gesicht, ihre blauen Augen wurden trüb und traurig. Sie sprach mit niemandem darüber, wie sie überhaupt immer weniger redete. Ihr Vater ermahnte sie und zwang sie, besser zu lernen. Als ihre Noten und ihr Betragen sich nicht änderten, schlug er sie mit dem Stock, obwohl sie schon neun Jahre alt war. Sie weinte und bat ihre Mutter um Hilfe, aber ihre Mutter wusste keinen Rat. Etwas war dunkel geworden in Waltraud.

Auch ihr Bruder fand nicht heraus, was geschehen war, er redete mit ihr, viel öfter als früher, er holte sie von der Schule ab und las ihr abends aus einem Buch vor. Weil sie keinen Hunger mehr hatte und kein Essen ihr mehr schmeckte, nicht einmal die leckere Gulaschsuppe, die ihre Mutter selbst zubereitete und nach der sie sich früher die Lippen abgeschleckt hatte, wurde sie von einem Arzt untersucht. Der sagte, dass sie an Untergewicht leide, sonst aber gesund sei. Zu Hause stellte ihr Vater sie zur Rede, er schrie sie an, und sie antwortete nicht. Da schlug er sie und sperrte sie in den Keller. Das war im Jahr 1973.

Ihr Bruder war damals dreizehn und schon auf dem Gymnasium. Das Lernen fiel ihm unsagbar schwer, Englisch, Mathematik, Chemie, in diesen Fächern versagte er, aber er lernte und ließ die Tiraden seines Vaters über sich ergehen. Er hielt still. Er saß in seinem Zimmer, wälzte Bücher, nahm Nachhilfestunden und las heimlich in Fußballheften. Wenn er erwischt wurde, schimpfte seine Mutter und schickte ihn zu seinem Vater, der ihn mit dem Stock bedrohte. Zuschlagen traute der Vater sich vielleicht nicht mehr. Er hatte ja noch die kleine Waltraud.

Als sie zehn wurde, kam sie auch aufs Gymnasium, und sie tat sich noch schwerer mit dem Lernen als ihr Bruder. Den Übertritt hatte sie gerade so geschafft, letztlich nur deswegen, weil ihr Vater die Direktorin der Volksschule gut kannte, und den Direktor des Gymnasiums auch. So mühte sich Waltraud durch die fünfte Klasse. Jeden Tag wartete schon ihr Vater zu Hause auf sie, sie musste in seiner Gegenwart Vokabeln lernen, oder was sonst. Ihre Hausaufgaben machte sie immer in seiner Gegenwart, und wenn sie nicht weiterwusste oder sich dumm anstellte, schlug er mit dem Stock auf den Tisch und manchmal auf ihren Rücken.

Im Kinderzimmer saß ihr Bruder und blieb still und tat, als würde er Chemie lernen. Stattdessen blätterte er in einem Sportmagazin und tippte den Ausgang der Spiele vom nächsten Wochenende. Nachts, wenn seine Schwester in ihrem Bett weinte, zitterte er am ganzen Körper und traute sich nicht, aufzustehen und sie zu trösten. Warum er sich nicht traute, begriff er eigentlich nicht, er hatte vielleicht Angst. Vielleicht fürchtete er, sein Vater würde ins Zimmer kommen und seine Schwester dann erst recht schlagen, oder ihn, obwohl er schon vierzehn war.

Jede Nacht ging der Vater durchs Haus, hin und her, mit schlurfenden Hausschuhen, er machte kein Licht an, er fand den Weg auch so. Er konnte nicht einschlafen und ging oft erst gegen fünf Uhr morgens ins Bett. Bis zum frühen Nachmittag hatte er dann ausgeschlafen und erwartete seine Tochter, wenn sie von der Schule kam, erschöpft und von der Angst ausgebleicht wie ein Laken in der Sonne. In den Ferien half sie ihrem Bruder beim Saubermachen der Wohnung. Das war das.

Fenster putzen, Türrahmen schrubben, Staub wischen in jedem Winkel. Sauberkeit war sehr wichtig im Haus. Alles musste reinlich sein, vollkommen aufgeräumt. Auch im Kinderzimmer, in dem alle Bücher sorgfältig geordnet in den Regalen standen, auch die Teddybären und Puppen, der Schreibtisch blinkte vor Sauberkeit, es roch nach frischer Wäsche und gesprühten Düften.«

Finke rieb mit der rechten Hand über die beschlagene Windschutzscheibe, wischte einen Kreis frei, lehnte sich zurück, betrachtete den Kreis, beugte sich vor und hauchte ihn an. »Waltraud schaffte die fünfte Klasse und kam in die sechste. Das war am vierzehnten September. Wenn ich am Samstag Fußball anschauen durfte, durfte sie eine Freundin zu Besuch haben. Sonntags gingen wir in die Kirche.«

Er bemerkte nicht, dass er auf einmal in der ersten

Person erzählte. Vogel behielt seinen gleichmütigen Gesichtsausdruck bei.

»Nur Waltraud und ich gingen in die Kirche, unsere Eltern blieben zu Hause. Wir warteten den Beginn des Gottesdienstes ab, dann verließen wir die Johanniskirche und liefen zum Nockherberg und stiegen die Stufen hinauf und stellten uns auf die Plattform und schauten über die Stadt. Und wenn es schneite, blieben wir lange so stehen und hielten uns an den Händen und sprachen kein Wort und wollten nicht wieder gehen.

Am vierzehnten Februar, fünf Monate nachdem Waltraud in die sechste Klasse gekommen war, kam sie von der Schule nicht nach Hause. Mein Vater drohte mir mit dem Stock, er dachte, ich wüsste, wo Waltraud steckt und würde es nicht verraten. Ich wusste es nicht. Er schrie mich an. Auch meine Mutter schrie mich an. Sie arbeitete gegenüber im Krankenhaus, mein Vater hatte sie angerufen und ihr erzählt, was passiert war. Sie raste durchs Haus, als hätte sie Drogen genommen. Ihr Verhalten habe ich nicht begriffen. Was kümmerte sie das Wegsein von Waltraud? Meine Schwester war ein Putzlumpen, so wie ich ein Putzlumpen war, wer vermisst einen Putzlumpen? Im Garten lag meterhoch der Schnee, es war eiskalt geworden, minus achtzehn Grad. Das war das.«

Wieder beugte Finke sich zur Scheibe hin, wischte mit der rechten Hand darüber, betrachtete die freie Stelle und hauchte sie an.

»Was machen Sie da?«, fragte Vogel. Er hatte das leise Quietschen auf dem Glas und das Atemgeräusch gehört.

»Es schneit immer weiter«, sagte Finke und faltete die Hände und sah aus dem Seitenfenster. »Wir waren oft hier. Waltraud und ich. Und später kam ich allein hierher und stand auf der Plattform, die ja keine Plattform ist, bloß ein Aussichtspunkt. In meiner Zeit als Lehrer. Fast jeden Sonntag, ich wohnte schon in Schwabing und ging den ganzen Weg zu Fuß. Würden Sie aussteigen und mit mir zu der Stelle gehen? Würden Sie ein Stück mit mir gehen?«

»Ich gehe schon die ganze Zeit mit Ihnen«, sagte Vogel.

»Wo war Ihre Schwester? Haben Sie sie gefunden?«

»Ja. Gefunden.« Nach einer Pause sagte er: »Ich musste im Zimmer bleiben. Die Polizisten haben trotzdem mit mir gesprochen. Meine Mutter weinte. Ich sah sie weinen, weil die Tür zum Kinderzimmer offen stand, während die Polizisten mich ausfragten. Die Tränen sahen für mich aus wie Glaskugeln, sie kullerten aus ihren Augen raus und fielen lautlos auf den Boden. Mein Vater weinte nicht, er war ja blind, so wie Sie. Haben Sie schon mal einen Blinden weinen sehen?«

»Nein«, sagte Vogel. »Ich bin ja blind.«

»Bevor Sie blind wurden.«

»Nein.«

»Ja. Blinde weinen eben nicht.«

»Ich schon.«

»Sie weinen?«, sagte Finke. »Ich dachte, Polizisten weinen auch nicht.«

»Jeder Mensch vergießt einmal Tränen«, sagte Vogel.

»Nicht meine Mutter, sie presste diese Glaskugeln aus ihren Augen. Wann haben Sie zuletzt geweint?«

»Als ich im Krankenhaus lag und mir bewusst wurde, dass ich für immer blind sein würde.«

»Hatten Sie einen Unfall?«

»Ja.«

»Wie mein Vater. Er hatte einen Autounfall. Danach musste er seinen Beruf als Gymnasiallehrer am Max-Gymnasium aufgeben, er bekam eine Pension und blieb zu Hause. Er hat das Haus kaum noch verlassen. Manchmal nachts. Er blieb zu Hause und alles musste sauber sein und glänzen. Jeder Tag von neuem. Er traute sich nicht mehr rauszugehen. Geweint hat er nie, das konnte er nicht. Auch nicht, als Waltraud verschwunden war. Er schrie und schlug mit dem Stock nach mir, es war ein ähnlicher Stock wie Ihrer, seiner war aus Kunststoff, nicht aus Aluminium. Bis heute. Glaube ich. Schau nicht mehr hin.« Nach einem Moment machte er: »Krchch« und sah Vogel von der Seite an. »Was denken Sie? Was denken Sie von mir? Halten Sie mich für einen geduckten Sepp? Weil ich meiner Schwester nicht beigestanden habe? Was denken Sie über mich?«

»Sie waren da«, sagte Vogel. »Sie haben Ihrer Schwester helfen wollen, so gut Sie konnten.«

»Habe ich nicht. Nicht. Habe ich nicht. Helfen. Unfähig. Nachts, wenn mein Vater durchs Haus ging, lag ich im Bett und war still. Meine Schwester weinte. Andere Kinder weinten. Der Vater geht durchs Haus, durchs Weinen hindurch, zu Hause wie in der Schule. Aus meiner Klasse kamen drei in die Sonderschule, die damals Hilfsschule hieß. Krchch. Ist da wem geholfen worden? Abgeschoben. Zu viel geweint, Einmaleins nicht auf Anhieb kapiert: Hilfsschule. Wir sollten das Abitur machen, meine Schwester und ich, dann studieren, dann Lehrer werden. Bin ich geworden. Sie nicht.

Die Polizisten fragten mich, ob ich wisse, wo sie sei, ich sagte nein, sie glaubten mir nicht. Mein Vater hatte ihnen gesagt, sie sollen mir nicht glauben. Was hätten sie tun sollen? Mich mitnehmen, einsperren, foltern? Das habe ich mir gewünscht: dass sie mich packen, ins Auto zerren und in einem Keller abladen, unter der Polizei, tief unten im Dunkeln, und mich da foltern wie früher die

Gefangenen im Krieg. So habe ich mir das vorgestellt am vierzehnten Februar.

Eine Frau und ein Mann waren bei uns, die Frau hatte große, schwarze Augen und einen schiefen Mund und sie berührte meine Hand, das mochte ich nicht. Meine Hand durfte niemand berühren, außer Waltraud. Wenn meine Mutter mir die Hand geben wollte, zog ich sie weg und sie wurde wütend. Bis zum Abend war Waltraud nicht aufgetaucht, es war dunkel, und ich wusste nicht, wo sie war. Ich schaute zum Himmel hinauf, zu den Wolken, das sah meine Mutter, und sie fragte mich, was ich da Blödes tue. Ich tue nichts Blödes, sagte ich. Ich tat auch nichts Blödes, ich schaute zum Himmel hinauf. Gehen Sie mit mir ein Stück im Schnee? Sie dürfen Ihren Hund mitnehmen.«

Während der letzten Minuten hatte Finke den Kommissar von der Seite angesehen, aus schmalen Augen, mit verkniffener Miene. Vogel hatte sich nichts anmerken lassen, aber die ganze Zeit darüber nachgedacht, was er antworten würde, wenn Finke ihn aufforderte, mit ihm auszusteigen. Vernünftigerweise sollte er im Wagen bleiben, Finke am Reden halten und darauf warten, dass ein Streifenwagen die Hochstraße entlangkam. Die uniformierten Kollegen waren in Alarmbereitschaft, das wusste Vogel, und er fragte sich, ob Finke tatsächlich so naiv war, zu glauben, sein Verschwinden sei noch von niemandem bemerkt worden. Andererseits war die Hochstraße keine abgelegene, selten befahrene Straße. Wenn sie also ausstiegen, würden Autofahrer, Fahrradfahrer oder Besucher der Gaststätte sie bemerken.

»Roderich bleibt lieber im Auto«, sagte Jonas Vogel. »Er mag Schnee nicht besonders.«

»Ihr Hund mag keinen Schnee?« Finke drehte sich zur

Rückbank um. Roderich hob nur die Augenbrauen und gab ein Schnaufen von sich. »Jeder Hund mag Schnee, jeder Hund tollt gern im Schnee herum, wie die Kinder.«

»Mein Hund tollt nicht gern im Schnee herum«, sagte Vogel. »Ich kann Ihnen nicht erklären, warum. Er meidet Schnee.«

»Unverständlich«, sagte Finke und riss die Fahrertür auf. Schneeflocken wehten herein, und Roderich duckte sich.

»Bin gleich wieder da«, sagte Vogel, tastete nach dem Griff, öffnete die Tür, suchte mit der Stockspitze festen Untergrund und stützte sich beim Aussteigen auf.

»Soll ich Ihren Arm nehmen?«, sagte Finke.

»Bleiben Sie einfach neben mir, dann folge ich Ihnen.«

Finke kam um das Auto herum, stellte sich neben den Kommissar, zögerte und machte dann einen Schritt auf die verschneite Straße zu. »Gehen wir da hinüber.«

Vor jedem Schritt stocherte Vogel im Schnee, hob die Füße höher als notwendig, achtete auf jeden Zentimeter, den er zurücklegte.

»Der Wind ist biestig«, sagte Finke.

»Riechen Sie den Schnee? Diesen eigentümlichen Geruch, der von den Bergen kommt?«

»Natürlich rieche ich den Schnee!« Finke redete lauter, hastiger, mit kalter Stimme. »Wir haben den Schnee gerochen, da steckte er noch in den Wolken fest. Waltraud und ich. Wenn wir morgens das Fenster aufmachten, wussten wir jedes Mal, wann es schneien würde. Wir täuschten uns nie. Einen Hund, der keinen Schnee mag, würde ich nicht halten, ich würde ihn wegschicken, ins Tierheim geben. Schnee ist der Übermut der Natur. Die Schneeflocken sind die Spielsachen des Lieben Gottes, sagte die kleine Waltraud immer. Hier hat sie gestanden und über die Stadt geschaut, zusammen mit ihrem Bruder, an dieser Stelle, wo wir jetzt stehen. Und es schneit wieder, es schneit, es schneit so weit wir schauen.«

»An jenem vierzehnten Februar«, sagte Vogel und neigte im Wind den Kopf näher zu Finke. »Was hat die Polizei getan, um Waltraud zu finden?« Er hatte absichtlich den Mann nicht persönlich angesprochen und den Namen des Mädchens genannt, anstatt sie seine Schwester zu nennen. Er wollte das Bild nicht zerstören, das Finke heraufbeschwor.

»Die Polizei hat einen Hubschrauber geschickt. Kommen Sie hier entlang mit mir. Wir gehen die Stufen hinunter. Da unten fließt der Auer Mühlbach, im Sommer plätschert er wie ein Fluss im Märchen, da wachsen Gräser und Farne, alles ist grün und still und die Natur findet statt. Halten Sie sich am Geländer fest.«

Vogel umklammerte den Holzbalken und stützte sich mit der anderen Hand auf den Stock. In Böen schlug der Wind ihm ins Gesicht und plusterte seinen Mantel. Er kannte diese Treppe von früher, hatte aber vergessen, wo genau sie endete.

»Polizeiautos standen in der Unteren Feldstraße, die Nachbarn schauten aus den Fenstern, dann rief sogar jemand von der Presse an. Waltrauds Vater beschimpfte den Journalisten am Telefon und legte den Hörer auf und fluchte so laut wie nie zuvor. Er ging hinüber ins Kinderzimmer, sperrte die Tür ab und sagte zu Waltrauds Bruder, er solle ihm jetzt verraten, wo seine kleine Schwester sich versteckt halte, dann werde alles gut. Waltrauds Bruder wusste nicht, wo seine Schwester war, und der Vater musste wieder aus dem Zimmer gehen. Aber er verriegelte die Tür von außen und zog den Schlüssel ab. Nach einer Stunde kletterte der fünfzehnjährige Junge aus dem

Fenster, versteckte sich hinter einem Auto, wartete auf einen guten Moment und flitzte geduckt zur Wiese, die ganz weiß war, warf sich auf den Rücken und rutschte hinunter bis zur Straße, die um den Landtag herum verläuft. Er hatte seinen weißen Anorak mit der Fellkapuze angezogen, der auf einem Stuhl im Kinderzimmer gelegen hatte, und Turnschuhe, denn die Winterschuhe standen alle unter der Garderobe im Hausflur.

Hier ist es rutschig, passen Sie auf. Ja. Bleiben Sie jetzt stehen. Krchch. An dieser Stelle. Hier. Ja.

Der Junge hatte nur ein Ziel, und er ging langsam, damit er nicht auffiel. Er sah Polizeiwagen durch die Stadt fahren, niemand achtete auf ihn, alle hielten nach einem Mädchen Ausschau. Auf der anderen Seite des Landtags kletterte er den Hang wieder hinauf, durch die Skellstraße bis zum Wiener Platz und die Innere Wiener Straße hinunter bis zur Rosenheimer und von dort in die Hochstraße hinein. Die Hochstraße ging er lang, und es fing an zu schneien. Große, tolle Spielsachen fielen vom Himmel, der Liebe Gott hatte viel Freude beim Spielen wahrscheinlich, so stellte der Junge sich das alles vor.

Er bekam keine Luft mehr, er keuchte, der kalte Wind brannte in seinem Hals. Kein Auto fuhr weit und breit, alles war verschneit, es war schon beinah Mitternacht. Bestimmt würde die Polizei inzwischen auch ihn suchen, doch er war wachsam. Jedes Mal, wenn er ein Auto kommen hörte, versteckte er sich zwischen den Bäumen am Hang, er klammerte sich an den Ästen fest und wartete, bis das Auto weg war. So erreichte er die Plattform, die eigentlich bloß ein Aussichtspunkt ist.

Waltraud war nicht da. Er war sicher gewesen, sie hier zu treffen, aber da war niemand. Nicht zu laut, damit keiner auf ihn aufmerksam wurde, rief er ihren Namen.

Fünfmal hintereinander, zehnmal, immer und immer wieder. Keine Antwort, kein Laut, nur der Schnee, der fiel und alles stumm machte. Da hatte er eine Idee.

Er erinnerte sich ans Versteckspielen mit seiner Schwester, das war ein gefährliches Spiel gewesen, denn sie spielten am Abhang, und wenn man nicht aufpasste, blieb man an einer aus dem Boden quellenden Wurzel hängen, dann stürzte man kopfüber hinunter und landete auf dem Asphalt, da, wo heute der Auer Mühlbach wieder fließt, der damals unter der Erde war, weil er zubetoniert worden war. Und als der Junge die Treppe hinunterstieg, vorsichtig in der vollkommenen Dunkelheit, da sah er sie knien im Schnee. Da kniete sie im Schnee nicht weit von der Treppe entfernt inmitten der schwarzen Bäume. Sie hatte keine Kleider an, kein Kleidchen, nichts, sie war vollkommen nackt.«

Jonas Vogel hörte das Rascheln des Anoraks und ein Knistern wie von Pergament. »Ihre Schwester hatte keine Kleider an«, sagte er und drehte den Kopf in Finkes Richtung und spürte seine Blicke auf ihm.

»Die Kleider lagen unter einem Schneehaufen neben ihr. Sie hatte sie ausgezogen. Waltraud hatte ihre Kleider ausgezogen und sich in den Schnee gekniet. Da. Gleich hier, das können Sie nicht sehen, weil Sie so blind sind wie mein Vater, der konnte sie auch nicht sehen, von Geburt an. Als sie nämlich auf die Welt kam, hatte er den Unfall schon gehabt. Das ist das. Er konnte sie nicht sehen. Aber ich. Ich habe sie gesehen, wie sie im Schnee kniete, da, mit gebeugtem Köpfchen und herunterhängenden Ärmchen, ihr Körper war grau und winzig, so winzig, und auf ihren Wangen klebten gefrorene Tränen und auf ihrem Kopf hatte sie eine Krone aus Schnee. Sie war nicht in der Schule gewesen, sie war wohl gleich hierhergegangen und hatte sich ausgezogen und in den Schnee gekniet und niemand kam vorbei und zog sie wieder an. Und niemand kam vorbei. Krchch. Und niemand kam vorbei. Er hätte sie nicht schlagen dürfen. Und hat es getan. Und der Mann schlug seinen Sohn. Und das hätte er nicht tun dürfen. Und die Frau schlug ihre Tochter. Das hätte sie nicht tun dürfen. Und die andere Frau schlug ihre Tochter. Und dann redete sie und redete. Und das hätte sie nicht dürfen. Sie sehen nichts, aber Sie tun so, als wären Sie der Stärkere. Sie sind nicht stark, Sie sind blind und Sie benutzen Ihre Blindheit wie einen Hammer. Das ist nun vorbei.«

Mit dem linken Fuß trat Jakob Finke gegen den Blindenstock. Dieser schlitterte über den gefrorenen Schneehang in die Tiefe. In der nächsten Sekunde hob Finke die Hände. Vogel nahm die Bewegung wahr, umklammerte das Geländer noch fester und schlug gleichzeitig mit der rechten Faust zu. Sein Arm schnellte ins Leere. Die schwarze Kordel aus Strohseide war schon um seinen Hals gewickelt, und als er Finkes Kopf zu packen versuchte, verlor er auf dem eisigen Untergrund das Gleichgewicht und rutschte aus. Mit den Armen rudernd, hing er halb in der Luft und strampelte mit den Beinen. Die Kordel ritzte die Haut auf, Blut tropfte in den Schnee. Mit unnachgiebiger Gewalt riss Finke an beiden Enden der Kordel und stieß kehlige Laute aus, die Jonas Vogel in den Ohren klangen wie seine eigenen.

Krchch. Krchch. Krchch.

Krchch. Krchch. Krchch.

Er hätte nicht in das Auto einsteigen dürfen.

Er hätte nicht aus dem Auto aussteigen dürfen.

Er hätte etwas anderes tun sollen.

Was er noch dachte, riss in der Sekunde ab, als er den Schuss hörte.

13

Mittwoch, 14. Januar, 20.07 Uhr

In der Wohnung in der Clemensstraße entdeckten die Ermittler acht Schuhkartons voller Kordelrollen in unterschiedlichen Farben, in einer schwarzen Ledermappe, auf Büttenpapier in klarer Schrift geschrieben, Straßennamen, Verkehrswege, Uhrzeiten, Anmerkungen über Kleidungsstücke und Verhaltensweisen ungenannter Personen. Die Zwei-Zimmer-Wohnung im ersten Stock war aufgeräumt und sauber und karg möbliert. Auf einem niedrigen Bücherschrank stand ein gerahmtes Schwarz-Weiß-Foto, das zwei Kinder zeigte, einen etwa neunjährigen Jungen und ein etwa fünfjähriges Mädchen, die ernst in die Kamera schauen und sich an den Händen halten. Der Junge trägt eine kurze Lederhose, das Mädchen ein weißes Kleid.

»Sonst keine Bilder?«, fragte Jonas Vogel. Im Krankenhaus hatte der Arzt die Wunden am Hals gereinigt und einen Verband angelegt. Über den Verband hatte Vogel einen blauen Schal gewickelt.

»Kein einziges«, sagte Arthur Geiger. »Keine Briefe, keine sonstigen Erinnerungsstücke.«

Eine Streife hatte den Toyota bemerkt und sofort reagiert. Fünf Minuten später erreichte Max Vogel die Hochstraße.

»Er kannte nicht einmal die Namen seiner Opfer«, sagte Geiger.

»Bis auf den von Sonja«, sagte Vogel. Das Sprechen fiel ihm schwer, jedes Wort schmerzte. Er redete wenig, fast nichts.

Max hatte geschossen, zwei Mal. An die Aufforderung an Finke, ihn loszulassen, konnte Vogel sich nicht erinnern. Er konnte sich auch nur an einen Schuss erinnern.

»Er hat sie ermordet, obwohl sie so lange mit ihm gesprochen hat«, sagte Endres. »Wenigstens wissen wir nun, wo Sonja Piers die ganze Zeit war.«

»In unmittelbarer Nähe ihrer Wohnung«, sagte Yvonne. »Nah bei ihren Kindern.«

»Vorhin war er bei Bewusstsein«, sagte Endres. »Der Kollege aus dem Krankenhaus berichtete, seine Eltern wollten ihn besuchen, aber er ließ sie nicht ins Zimmer.«

»Er liegt in dem Krankenhaus, in dem seine Mutter früher gearbeitet hat«, sagte Vogel. »Wenige Meter entfernt ist sein Elternhaus.« Wenn sein Kehlkopf sich bewegte, empfand er die Wunden wie Stiche.

Die Schüsse trafen Finke in die Schulter und in den Oberschenkel. Die erste Kugel warf ihn gegen das Geländer, und weil Finke die Kordel immer noch festhielt, feuerte Max ein zweites Mal. Da hatte Vogel bereits das Bewusstsein verloren.

Im Büro des Ersten Kriminalhauptkommissars waren die Gespräche verstummt. Endres saß an seinem Schreibtisch, die anderen am Tisch vor dem Fenster. Die belegten Semmeln, die die Sekretärin auf zwei Teller verteilt hatte, rührte niemand an, auch nicht die Wasser- und Saftflaschen. Max stützte den Kopf in die Hände. Yvonne hätte ihm gern über die Schulter gestreichelt, aber sie traute sich nicht.

Es war das erste Mal gewesen, dass Max seine Waffe im Dienst benutzte. Für seine Präzision war er sowohl von Endres als auch vom Präsidenten Schumacher gelobt worden. Stunden später zitterten seine Hände immer noch. Das kam, weil er an das Bild dachte. An seinen zappelnden, wehrlosen Vater. An den Täter, der hinter seinem Vater stand und im Halbdunkel schlecht zu sehen war. Dass er so schnell und überlegt reagiert und keine Sekunde gezögert hatte zu schießen, erschien Max irreal.

Wenn er seinem Vater einen Blick zuwarf, war er unfähig zu glauben, was er sah. Sein Vater stützte sich auf seinen Stock, wie immer, und kraulte, wie immer, dem trägen Hund, der neben ihm hockte und gelegentlich, wie selbstzufrieden, brummte, den Kopf, diesem zotteligen, vom Irrsinn der Welt verschonten Fabelwesen. Abgesehen von dem Wulst um seinen Hals, wirkte Jonas Vogel wie ein gewöhnlicher Mann am Ende eines langen Tages, ein wenig erschöpft, grübelnd, still.

Für das, was er sagen wollte, fand Max die Worte nicht, er suchte schon die ganze Zeit nach ihnen, aber es waren immer die verkehrten, die ihm einfielen. Er kaute auf den Lippen und schloss die Augen hinter seinen Händen, die er vors Gesicht hielt. Nie mehr, dachte er, nie mehr würde er zulassen, dass sein Vater sich in die Polizeiarbeit einmischte, in seine, Max', ureigene Arbeit.

»Schumacher rief noch mal an.« Endres blickte in die Runde und sah eindringlich auf Vogel. »Wegen dir, Jonas. Er überlegt, dir eine Sonderfunktion als Vernehmer einzurichten, nach dem Vorbild der belgischen Kollegen, die blinde Ermittler sogar bei der Fahndung nach Terroristen einsetzen, die werten Telefonate aus und können mit fremden Stimmen so perfekt umgehen wie du. Wir würden dich rufen, wenn wir mit einem Zeugen oder Tatver-

dächtigen nicht weiterkommen, wenn wir den Eindruck
haben, du bist der Einzige, der weiß, was sich hinter einer
Stimme verbirgt. Möglicherweise würden auch andere
Abteilungen deine Hilfe in Anspruch nehmen, wenn sie
sich erstmal daran gewöhnt haben, dass wir einen Blinden beschäftigen. Könntest du dir vorstellen, so eine
Aufgabe zu übernehmen? Über die Höhe des Honorars
ist sich der Präsident noch unschlüssig, er will erst deine
Antwort abwarten. Und deine Kuckucksuhr könnte dann
von mir aus hängen bleiben.«

Max nahm die Hände herunter, strich sich über die Augen und hätte beinah ein Lachen ausgestoßen. Er konnte
es gerade noch zurückhalten.

Geiger vermittelte den Eindruck, als würde er das Angebot an seinen alten Freund und Kollegen sofort unter-
stützen.

Jonas Vogel zeigte keine Reaktion. Sein linker Arm
hing herunter, die Hand im Fell des Hundes, seine rechte Hand umklammerte den Stock, seine blauen Augen
wirkten starr.

Seine vier Kollegen warteten, aber ihr ehemaliger Chef
saß so reglos da wie sein Hund. Dann klingelte das
Telefon auf Endres' Schreibtisch. Er nahm den Hörer ab,
hörte zu und sagte: »Ich richt's ihm aus. Danke.« Er legte
auf und wandte sich an Max. »Das war die Zentrale.
Deine Schwester wollte dir mitteilen, dass deine Mutter
wieder nicht zu Hause ist und du dich um sie kümmern
sollst.«

Zuerst brachte Max kein Wort heraus, und gerade, als
er etwas sagen wollte, kam sein Vater ihm zuvor. »Sie hat
recht«, sagte Jonas Vogel. »Wir müssen uns um deine
Mutter kümmern.«

Wie von einem Schlag getroffen, zuckte Max zusammen. Alle im Raum konnten es sehen. Sein Kopf knickte nach unten, gleichzeitig riss er die Schulter hoch und stieß einen hohlen Laut aus. Er sprang auf, starrte mit verzerrter Miene sekundenlang zu Boden und stapfte dann mit eckigen Schritten aus dem Büro und den Flur hinunter. Er verschwand in seinem Büro und schlug die Tür hinter sich zu. In einer Schreibtischschublade bewahrte er seine Notration auf. Er trank das kleine Fläschchen in einem Zug aus. Als sein Telefon klingelte, legte er den Hörer neben den Apparat und schraubte die nächste hochprozentige Probe auf.

Mittwoch, 21. 46 Uhr

Er hatte sich rasiert, ein frisches Hemd und eine gebügelte Hose angezogen und kam sich ungelenk vor. Am Hauptbahnhof hatte er Schokoladenkekse und eine Schachtel mit anderen Süßigkeiten gekauft und überlegt, ob er die Sachen als Geschenk einpacken lassen sollte. Er entschied sich dagegen, vor allem, weil er in Eile war.

Er wollte jetzt mit seiner Tochter sprechen. Was genau er zu ihr sagen wollte, wusste er noch nicht, aber das Bedürfnis hatte ihn überwältigt, seit er das Polizeipräsidium verlassen hatte. Zu Hause hatte er keinen anderen Gedanken fassen können. Wie unter Zwang duschte er hastig, zog sich um und ließ den Anrufbeantworter weiter blinken, den vermutlich seine Mitarbeiter vollgesprochen hatten.

Er hatte ein Kind.

Dieser Satz besetzte seinen Kopf, er murmelte ihn sogar vor sich hin und bemerkte es nicht. Ich habe ein Kind, sagte er zu sich. Der Satz erschreckte ihn gleichermaßen, wie er ihn in einem Ausmaß stimulierte, das ihm fremd war. Deswegen kaufte er seiner kleinen Nina Pralinen. Deswegen stand er unangemeldet vor ihrer Tür und würde ein paar Dinge zu ihr sagen, die er unbedingt einmal sagen musste, als frisch gebackener Vater.

»Spinnst du?«, sagte Hannes Piers, als er die Tür öffnete und Steidl sah. »Haben sie dich nicht eingesperrt? Hau ab!«

»Ich will meine Tochter sehen.« Überrascht, wie leicht ihm dieser Satz von den Lippen gegangen war, fügte Steidl hinzu: »Ich muss mit ihr reden.«

»Hast du gesundheitliche Probleme? Du sollst abhauen, sonst fliegst du die Treppe runter.«

»Du kannst mich nicht wegschicken.« Steidl hielt die beiden Packungen mit Schokolade in den Händen, und es sah aus, als wolle er sie Piers überreichen.

»Ich kann dich nicht wegschicken?« Piers sah an dem Besucher vorbei ins trüb beleuchtete Treppenhaus. »Ich schick dich nicht weg. Ich hau dich die Treppe runter.«

Bevor Steidl noch etwas sagen oder tun konnte, schlug Piers ihm mit der flachen Hand mehrere Male gegen die linke Schulter. Steidl wich zurück, ließ eines der Päckchen fallen, tastete nach dem Treppengeländer, griff daneben, verlor die Balance und kippte über die erste Stufe. Auch das zweite Päckchen fiel ihm aus der Hand. Er taumelte auf einem Bein, drehte sich in der Luft und stürzte nach unten. Er knallte mit dem Rücken auf die Kanten der Stufen und kugelte mit dumpfen Geräuschen bis in den ersten Stock, wo er benommen und wimmernd liegen blieb.

Piers lehnte sich übers Geländer und schaute nach unten. Eine Zeitlang wartete er, dass der andere sich wieder bewegte. Als Steidl die Arme ausstreckte und mit zuckenden Beinen versuchte, sich aufzurichten, wandte Piers sich um. In der Tür stand sein Sohn, mit gerötetem Gesicht und entsetztem Blick.

»Lebt noch«, sagte Piers, schob Benjamin in die Wohnung zurück und schloss die Tür.

Nina lag im Bett und lief an der Hand von Mama Bär über den Meeresstrand und hatte genau so einen roten Badeanzug mit schwarzen Punkten an wie Mama Bär, und die Sonne sah aus, als wäre sie aus purem Gold.

14

Donnerstag, 15. Januar, 1.15 Uhr

Zum ersten Mal seit vier Wochen saßen sie gemeinsam am Küchentisch. Sie hatten Gläser mit Bier, Wasser und Wein vor sich stehen. Sie tranken, aber sie redeten nicht. Sie hatten es versucht, dann hatten sie kapituliert. Max hatte gesagt: »Ich hätt beinah einen Mann wegen dir erschossen.« Sein Vater reagierte nicht. Katrin hatte gesagt: »Ihr werdet eine Lösung für euch finden, meine Lösung ist, ich zieh am ersten Februar zu Silvi, und ab fünfzehnten Februar haben wir einen eigenen Probenraum in Sendling, und ab dem ersten März habe ich hoffentlich eine eigene Wohnung.« Sie hatte zu den anderen dreien am Tisch gesprochen, und sie hatten zugehört und nichts erwidert.

Esther hatte auf die Frage, wo sie die ganze Zeit gewesen sei, geantwortet: »Außerhalb der Schwerkraft.« Dann verfiel sie in Schweigen, trank Weißwein und sah niemanden an. Jonas Vogel hatte gesagt: »Ich bereue meine Leichtsinnigkeit und mein lebensgefährliches Verhalten, ich werde mich nicht mehr in so eine Situation begeben.« Niemand am Tisch glaubte ihm. Er hatte auch noch gesagt: »Schumacher hat mir einen Job im Präsidium angeboten.« Niemand fragte nach.

Etwa eine halbe Stunde später, gegen Viertel nach eins

in der Nacht, sagte Esther Vogel: »Milliarden Lichtjahre
entfernt gibt's ein Licht im Universum. Nur in unserer
Küche ist es stockdunkel, und wir sind alle aus Asche.«

»Bitte?«, sagte Vogel.

»Auf dem Saturn sind minus 150 Grad«, sagte Esther.
»Aber hier ist es kälter.« Sie legte die Hände an ihr Wein-
glas, wie um sie zu wärmen.

»Bitte?«, sagte Vogel noch einmal.

»Die Erde ist hundertfünfzig Millionen Kilometer von
der Sonne entfernt«, sagte Esther. »Aber wir sind weiter
weg.«

Katrin wollte etwas sagen. Sie öffnete den Mund, sah
ihren Bruder und ihre Eltern an, verharrte ratlos und
schloss den Mund wieder. Ein paar Sekunden lang glaubte sie, für immer zu verstummen.

Als das Schweigen sich wie eine Eisschicht auf den
Gesichtern auszubreiten begann, wuchtete sich der auf
dem Boden liegende Bobtail in die Höhe, hob den Kopf,
schaute aus fellverhangenen Augen über die Tischkante,
gab einen brummenden Laut von sich und sackte mit
einem Seufzer wieder in sich zusammen. Für Katrin war
Roderich das einzige irdische Wesen in diesem Raum.
Alle anderen, sie eingeschlossen, waren Außerirdische,
die sich im Weltall verirrt hatten.

Sie sollte einen Song darüber schreiben, dachte sie.

Freitag, 16. Januar, 8.33 Uhr

Er lag halb aufgerichtet im Bett, die Hände unter der Decke. Sein Gesicht war grau, seine Stimme, dachte Jonas
Vogel, klang wie ausgebleicht.

»Ich wollte Sie nicht umbringen«, sagte Jakob Finke. »Ich hätte Sie wieder losgelassen.«

»Das glaube ich Ihnen nicht.«

»Ich habe meine Schwester wiedergesehen, sie kniete im Schnee, ich sah sie da knien und wurde überwältigt.«

»Wovon überwältigt?« Vogel stand neben dem Bett, auf seinen Stock gestützt.

»Von der Gewalt. Vom Hass.«

»Sie hätten mich umgebracht.«

»Nein.«

»Das wird der Richter entscheiden.«

»Man darf kein Kind im Wald erfrieren lassen, begreifen Sie das denn nicht?«

»Das begreife ich«, sagte Vogel.

»Gehen Sie nach Hause.« Finke tastete nach dem Schalter, um das Kopfteil des Bettes nach hinten zu klappen. »Schauen Sie nach, ob da gerade jemand erfriert. Bleiben Sie bei Ihrem Leben und überlassen Sie meins dem Richter. Ich habe Ihnen alles erzählt, aber ich werde kein Wort davon wiederholen. Ich werde sogar abstreiten, Ihnen irgendetwas erzählt zu haben. Wieso auch? Sie sind ein fremder Mensch, ich kenne Sie nicht, ich erzähle nie jemandem etwas von mir. Außer meiner Schwester. Und die können Sie nicht mehr als Zeugin vor Gericht laden. Gehen Sie nach Hause, blinder Mann, Ihre Blindheit schützt Sie vor Ihrem Spiegelbild. Was für ein Segen.« Er drehte den Kopf zur Seite und schloss die Augen.

Als er einschlief, stand Jonas Vogel immer noch am Bett dieses Mannes, der wegen dreifachen Mordes und Mordversuchs angeklagt werden würde, und wünschte, er könnte ihn sehen.

Am 8. April 2002 wird die achtjährige Scarlett Peters zum letzten Mal gesehen. Drei Jahre danach wird Jonathan Krumbholz, ein vierundzwanzigjähriger, geistig zurückgebliebener Mann, wegen Mordes zu lebenslanger Haft verurteilt. Sechs Jahre später bekommt Polonius Fischer, Kommissar bei der Mordkommission in München, von einem Schulfreund der Verschwundenen einen Brief. Er will Scarlett auf der Straße erkannt haben. Ist dem Zeugen zu trauen? Ist Scarlett gar nicht tot? Hat die Polizei sich geirrt? Friedrich Ani erzählt in seinem Kriminalroman mit atemloser Spannung die Geschichte eines realen Falles, der alle Sicherheiten in Frage stellt.

»*Stilsicher, einfühlsam und erschütternd erzählt – meisterhaft.*«

Tobias Gohlis, Focus

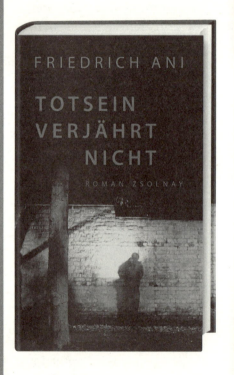

288 Seiten. Gebunden
www.friedrich-ani.de